아이를 믿어주는

아이의 자존감 세우기
아이를 믿어 주는 엄마의 힘

초판인쇄	2021년 2월 26일
초판발행	2021년 3월 3일
지은이	김경미
발행인	조현수
펴낸곳	도서출판 프로방스
기획	조용재
마케팅	최관호 백소영
편집	권 표
일러스트	박월선
디자인	토 닥
주소	경기도 고양시 일산동구 백석2동 1301-2 넥스빌오피스텔 704호
전화	031-925-5366~7
팩스	031-925-5368
이메일	provence70@naver.com
등록번호	제2016-000126호
등록	2016년 06월 23일

정가 15,800원
ISBN 979-11-6480-114-5 03810
♥ 이 책의 인세 수익의 전액은 아픈 친구들을 위해 쓰입니다.

파본은 구입처나 본사에서 교환해드립니다.

아이의 자존감 세우기

아이를 믿어주는 엄마의 힘

김경미 지음

프로방스

이 책은 20대부터 지금까지 가슴에 품고 있던 교육 철학을 세 딸을 기르며 적용하고 수정하며 깨달은 것들을 담은 책입니다.

저는 어릴 때부터 아이들을 좋아하는 사람이었습니다. 성장하면서 자연스럽게 천성을 따라 유아 교육을 전공하고 아이들을 가르쳤습니다. 아이들을 가르치는 교육 현장에서 아이들을 만나고 엄마들을 상담하며 다시 한번 엄마의 역할이 너무나 중요함을 깨달았습니다. 그 깨달음이 어른들에게 영향력을 끼치는 삶을 살고 싶다는 소망을 품게 했고, 그 소망 안에서 교육학을 전공하며 관심을 가졌던 아동학과 상담 분야를 공부했습니다.

저는 오 남매의 막내로 자랐습니다. 어릴 때는 복닥복닥한 오 남매가 그리 좋지 않았습니다. 무언가 항상 부족하게 느껴지고 나만의 것이 없다는 것이 싫었습니다. 성장하고 나니 엄마, 아빠가 주신 최고의 선물이 우애 깊은 오 남매라는 사실을 알게 되었습니다. 우리 아이들에게 이런 선물을 주고 싶었습니다. 독박 육아로 때론 눈물겹고 힘들었지만 아이들이 어리고 힘든 육아의 시기는 잠시이고,

아이들이 함께 의지하며 살아갈 시간은 평생이라는 생각이 들었습니다. 그래서 서로에게 형제를 선물해 주며 세 딸을 키우는 다둥이 엄마가 되었습니다.

저는 때로는 꽤 괜찮은 엄마 같다가도 때로는 부끄럽기 그지없는 엄마입니다. 나의 교육 철학과 현실 육아는 엎치락뒤치락합니다. 그럼에도 불구하고 저는 아이를 믿어 주는 믿음 육아를 고수합니다.

이 책은 아이들을 믿어 주는 마음으로 아이를 키운다는 것에 대하여 말하고 있으며 엄마라는 이름으로 나 자신과 아이들을 믿어 주며 내 이름을 찾아가는 여정이 담겨 있습니다. 또한 보배롭고 소중한 다둥이를 키우며 얻게 된 깨달음을 담은 책입니다.

많은 아이들이 엄마의 믿음을 먹으며 자라나 자존감이 건강한 아이로 성장하여 자신의 길을 행복하게 걸어가기를 바라봅니다. 또한 엄마와 아이들이 좀 더 편안하고 행복한 육아 세상을 꿈꿉니다.

이 안에 많은 말 중에 동의 되지 않는 부분은 버리셔도 좋습니다. 왜냐하면 육아는 육아를 하는 엄마가 가장 중요하기 때문입니다. 다만 소망하는 것이 있다면 글을 읽는 독자분에게 단 한 줄이라도 귀한 깨달음이 되고 힘이 되는 글이 되기를 소망합니다.

일일이 기록하지 못하지만, 이 자리를 빌려 늘 힘이 되어 주시고 본이 되어 주시는 많은 인생 선배님들과 저의 소리에 귀 기울여 주시고 응원해 주시는 벗들께 깊은 감사를 드립니다. 마지막으로 늘 곁에서 힘이 되어 주는 나의 찐 벗인 남편과 이 책의 일등 공신이자 이 땅을 살아가며 누리는 큰 복인 세 딸에게 고마운 마음을 전합니다.

꽃 피는 봄이 찾아오면 풋풋하고 싱그러운 봄처럼 제 책이 수줍은 미소를 지으며 여러분께 인사드리겠네요. 엄마라는 이름으로 세상을 살아가는 모든 엄마를 응원합니다.

××× 2021년 1월 봄을 기다리며

추천사

'아이와 함께 성장하는 엄마'
얼마나 솔직하고 겸손하며 지혜로운 엄마인가?
어떤 누가 세상에 완벽한 모습으로 태어났는가?
또 어떤 누가 이 세상에서 완벽한 삶을 살고 돌아가겠는가?

아이가 세상을 처음 경험하는 것처럼, 엄마도 처음으로 엄마가 된다. 어떻게 완벽한 엄마가 있을 수 있을까?

"엄마도 처음이라 미안해"라는 누군가의 말이 귓가에 맴돈다.

이 책의 저자인 김경미 작가는 솔직하게 자신을 인정하고 아이들을 만나고 있기에, 아이들과 자신이 본연의 모습으로 행복할 수 있었다고 이야기한다.

수많은 엄마들이 훌륭한 자녀를 키우고 싶어하지만, 훌륭한 엄마가 되기 위한 노력을 하지 않을 수 있다. 하지만, 엄마가 훌륭해야 아이가 훌륭해질 수 있음을 저자는 이 책을 통해서 이야기해 준다. 해법은 다름 아닌, 자신의 부족함을 보는 능력이다. 우리는 훌륭한 자녀를 키운 훌륭한 엄마들을 안다. 그들은 하나같이 자신을 성찰했기에 자녀들이 자신을 성찰하도록 도울 수 있었다.

저자가 그렇다. 그리고 이 책을 읽는 독자들에게는 그럴 기회가 주어질 것이다.

이 책을 한 줄 한 줄 따라가며 동의하는 부분은 실천하고, 혹시 동의하지 못하는 부분은 검증하며, 자신들의 삶을 완성해갈 독자들이 세상을 채울 때, 그리고 그 독자들의 훌륭한 아이들이 세상을 채울 때, 세상은 지금보다 조금 더 아름다워질 것이기에, 이 책은 글을 읽을 줄 아는 부모라면 꼭 읽어야 할 책이다.

× × × 박이철 작가

추천사

"제 주변에는 소위 '달리는 엄마'가 많아요. 공부도 많이 시키고 아이들도 잘 따라가더라고요. 우리 아이들은 그냥 놀게 두는데 제가 잘하고 있는 걸까요?"

세 아이 중 큰아이가 고등학생이다 보니 아직 어린 자녀를 둔 엄마들에게 이런 질문을 받기도 한다. 대답은 항상 같다. "시키는 공부를 아이가 언제까지 잘할 것 같아? 사춘기 오면 볼 장 다 본다고!" 이렇게 말은 했지만 한편으로는 '내가 틀린 거면 어쩌지?' 하는 생각도 든다. 순전히 내 개인 의견이기 때문이다. 하지만 나와 같은 생각을 하는 김경미 작가의 글을 읽고 마음이 편해졌고 '모든 엄마에게 필요한 책이다!'라고 느꼈다.

엄마들은 불안하다. 불안의 원인은 대부분 주변 엄마들과 아이들을 내 자녀와 비교하면서 시작된다. 하지만 모든 아이는 타고난 기질이 다르고 성장 환경이 다르며 엄마의 교육 철학과 가치관이 다르다. 이 책은 아이가 스스로 잘 클 수 있다는 믿음을 가지면 자존감과 자생력 높은 아이가 될 수 있음을 다양한 사례와 객관적 증거로 보여준다. 유아교육을 전문적으로 공부하고 어린이집 교사로 일했으며 전업주부로 세 아이를 키운 작가의 경험은 큰 공감과 가르침을 주기에 충분하다. 육아 이론을 나열한 것이 아닌 생생한 경험담과 관련 정보들은 아이를 어떻게 키워야 하는지 고민하는 엄마들에게 빛이 되어 줄 것이다.

육아(育兒)는 분명 아이를 키우는 일이지만 아이를 키우며 엄마도 육아(育我)하게 된다. 아이가 크는 만큼 엄마도 성숙한 인간으로, 배려 깊은 사람으로 성장을 거듭한다. 엄마와 아이가 서로를 지켜보며 긍정적인 성장을 하게 되는 것, 이게 바로 작가가 말하는 믿음 육아다. 믿음 육아는 '부드러운 훈육'이며 자연스러운 '인성 교육'이다. 엄마도 아이도 행복한 육아, 이보다 더 좋은 육아 솔루션은 없다고 감히 말하고 싶다.

××× 세나북스 최수진 대표

차례

제1장

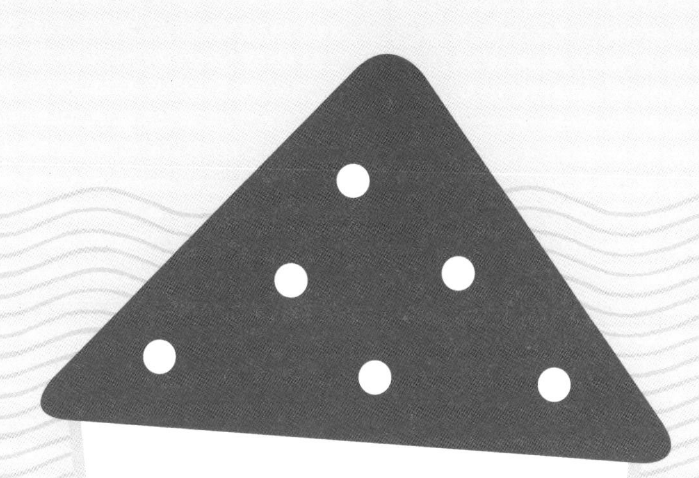

불안한 엄마, 흔들리는 아이

왜 엄마는 불안할까?

엄마라는 이름으로 살아가는 우리는, 하루하루 어떠한 감정을 느끼며 살아가는가? 때로는 아이들로 인해 행복해하고, 때로는 화도 내며 반복되는 후회 속에서 살아간다. 그리고 뜻 모를 불안한 감정을 느끼기도 한다.

엄마, 엄마라는 존재는 우리 마음에 넓은 땅과도 같다. 넓은 대지에 심긴 나무처럼 엄마라는 토양에 뿌리를 내리고, 사랑의 양분을 받으며 우리는 튼튼하고 굵직한 나무로 자라 간다. 그리고 성장한 후 나도 넓은 땅이 되어, 생명을 품고 싶다는 생각을 하게 된다. 결혼을 한 후 1년 신혼의 단꿈의 시간을 보내고, 나 또한 계획대로 아기를 가지려고 했다. 아기는 이제 가져야지 하면, 그때 바로 찾아오는 줄 알았다. 아이를 기다리는 시간이 짧다면 짧은 6개월의 시간이었지만 내게는 한 달 한 달이, 기다림의 시간이었다.

신혼 일 년이 지난 후, 아기를 기다리는 시간, 불안한 마음도 들었다. '아이 좋아하는 집에 손 귀하다.'라는 옛 어른들의 말씀도 스쳐 지나가고 드라마의 비련의 여주인공처럼 아이를 특별히 좋아하는 내가, 설마 아이를 못 갖는 것은 아니겠지 하는 마음도 찾아왔다. 몇 년씩 아이를 기다리시는 분들과는 비길 데 없는 6개월의 시간이었지만, 간절한 마음이었기에 그 짧은 시간으로나마 아이를 기다리는 분들의 마음을 조금은 알 것 같았다. 아기가 언제 생긴다는 답을 알고 있었다면 조바심 없이 기다리는 시간이었겠지만, 언제인지 알 수 없기에 수시로 불안한 마음이 들었다.

육아는 아이를 계획하는 순간부터 낳아 기르는 시간까지, 내가 계획하고 내 마음대로 할 수 있는 시간이 아니기에 미지의 세계에 대한 불안감이 커지는 것 같다. 엄마라는 길도 내가 걸어가 본 길이 아니기에 수시로 불안한 마음이 찾아온다.

아이를 기르는 엄마들에게는 모든 것이 다 처음 겪는 일이다. 그렇다 보니 아이의 조그마한 변화에도 엄마의 관심은 집중되고, 발달 시기에 맞추어 발달의 변화가 일어나지 않으면 마냥 불안하기만 하다. 지나고 나서 돌아보면 조금 빠르고 느린 것은, 그렇게 중요한 것이 아닌데 그때는 그것이 보이지 않는다.

첫째는 보편적으로 이가 나는 시기인 생후 6개월에 맞추어 첫 이가 났던 반면 둘째는 10개월이 되어서야 첫 이가 났다. 보통 말하는 발달 지표에서 많이 떨어진 시기였다. 그런데 별로 걱정이 되지 않았다. 이는 늦게 날수록 좋다는 말도 있으니 기다리다 보면 언젠가는 나겠지 싶었다. 둘째는 이가 늦게 난 만큼 이갈이도 늦게 했다. 각자의 시간표에 맞게 딱딱 알아서 이루어지는 것을 볼 수 있다.

그런데도 엄마들은 아이가 뒤집기가 늦어서, 아직 걷지 못해서, 말이 늦어서라는 이유로 수시로 불안해하고 그 불안을 잠재우기 위해 무언가를 해 주어야 한다는 생각이 앞선다. 거기다 주변의 시선과 참견이 한몫을 한다. 주변에서 "아직 이거 모르고 있었어?"로 시작된 말이나 조부모님들의 걱정의 말들이 무의식에 부담으로 담겨, 엄마들의 불안을 부추기는 기폭제 역할을 하기도 한다.

조금 크면 나을까 싶으나 아이들이 크면 클수록 엄마들은 알아야 할 것도 많고, 시켜야 할 것도 많다는 생각에 마음이 더 분주해지고 불안해진다. 어린이집에 근무하면서 엄마들과 상담을 하다 보면 6세 아이의 발달에 맞추어 늦은 부분이 전혀 없는데도 걱정하는 모습을 보게 된다. 그 걱정의 대부분은 내 아이가 문제가 있어서가 아니라 주변에 빠르고 월등한 친구들과의 비교에서 오는 불안이었다. 내 아이만 이렇게 느린 건지, 내 아이가 문제가 있는 건지로 시작되었다가 결국 내가 정보가 부족한 엄마인지, 내가 육아와 교육에 소질이 없는 엄마인지로 이야기가 흘러간다. 이처럼 엄마가 아이를 믿어 주지 못하고 수시로 불안해하는 근원에는 엄마가 엄마 자신을 믿지 못하는 마음이 숨어 있는 것을 볼 수 있다. 내 아이만큼은 나의 부족한 모습과는 달리 두각을 나타냈으면 하는 마음, 내가 부족해서 우리 아이의 장래를 망치는 것은 아닌지 하는 마음이 복잡하게 얽혀 있는 것이다.

아이를 기다려 주며 마음껏 뛰어놀게 하며 키우겠다던 엄마들도 초등학교 입학을 앞두고는 그 모든 생각이 힘을 잃는 것도 목격하게 된다. 첫아이를 입학시키는 엄마에게 이 미지의 세계에 대한 두려움은 엄청나다. 엄마들 사이에서 아이의 초등학교 입학은 마치 결혼을 앞둔 여자처럼 불안과 설렘으로 가득하다. 육아 선배들이 아이가 초등학교에 들어가고 본인이 몸살을 앓았다고 얘기하며 하도 겁을 주어, 나도 아이가 초등학교에 들어가면 천지가 개벽하는 줄 알았다. 실제로 이제는 아이 뒷바라지를 해야겠다며 직장을 그만두는 친구들도 생겼으니 아이가 초등학생이 된다는 것은 엄마들에게도 학부모 입학식을 치르듯 거창한 일이 되는 것 같다.

첫 아이가 초등학교에 입학할 때 나는 역으로 아이의 시작과 함께 나도 시작하고 싶은 마음이 생겼다. 큰아이가 초등학교에 들어가고 막내가 어린이집에 들어가 육아로 묶여있던 시간에서, 오전 시간이나마 자유의 몸이 되니 꿈틀꿈틀 새롭게 일을 하고 싶은 마음이 발동했다. 그간 참고 있던 일을 오전 시간을 활용해 조금이라도 해 보고 싶어서 아이가 첫 등교할 때 나도 새내기 표를 달고 아이들 서적에 관련된 곳으로 첫 출근을 했다. 하지만 오전 시간을 활용해 할 수 있다던 일은 더 많은 시간을 필요로 했고, 그래서 몇 개월 정도 유지하다 타협점을 찾지 못해 그만두었다.

그래도 내 마음에는 새롭게 초등학교를 시작하는 아이와 나의 새로운 시작이 의미가 있다는 마음이었다. '너도 너의 초등 생활을 잘 시작할 줄 믿어. 엄마도 엄마의 새 일을 잘해 볼게.'라는 메시지가 담겨 있었기 때문이다.

아이들은 생각하는 것보다 자기의 일을 잘해나간다. 아이들이 아무 생각이 없는 것 같지만 유치원에 다니는 나이만 되어도 자기가 책임질 일에 대한 부담감과 잘하고 싶은 마음을 가지고 있다. 아이의 마음도 모르고 엄마의 불안한 마음이 더해져 아이에게 푸시하게 되면 도리어 역효과를 내게 된다. 또한 아직은 어려서라는 말로 엄마의 불안한 마음을 합리화시키며 간섭하려고 들면 엄마의 개입은 끝이 없다.

아이를 바르게 잘 키우고 싶은 마음에서 시작된 것이겠지만 엄마로부터 신뢰감을 받지 못한다는 생각은 아이의 자존감에도 영향을 미치게 된다. 잘 키우고 싶어서 시작된 마음이 결국엔 가장 중요한 내 아이의 자존감을 세우지 못하게 하는 것이다.

자존감은 자신이 다른 이들의 사랑을 받을 만한 가치가 있는 사람이라는 자기 가치와 자신에게 주어진 일을 잘 해낼 수 있다는 자신감, 이 두 가지 요소로 이루어진다. 공교롭게도 엄마의 불안은 이 두 가지를 다 충족시킬 수 없다는 것을 기억하면 좋겠다. 아이를 믿어 주는 마음 이전에, 나를 믿어 주는 마음을 키워가며 불안으로부터 한 걸음씩 멀어지다 보면 우리는 더 넓고 안정적인 땅이 될 것이다. 그 안에서 아이는 자존감을 세워가며 큰 나무로 자라날 것이다.

나는 엄마표 육아를 하기로 했다

엄마표 육아하면 떠오르는 것이 무엇인가? 엄마랑 가정에서 놀면서 마스터한 엄마표 영어, 책 육아, 엄마와 함께 하는 과학 놀이 등등 떠오르는 그림들이 있을 것이다. 나도 세 아이를 출산하고 숨을 돌릴 때쯤 육아 실용서들을 읽었다. 푸름이 아빠의 책을 읽고 이 책을 이제야 만나다니 하며 안타까워했다.

그러나 나는 그 책을 읽고도, 책을 좋아해 더 읽고 싶어 하는 큰아이에게 "동생들 졸려 한다. 키 크는 시간이야. 얼른 불 꺼야지. 얼른 자자."라고 말했다. 책에서 눈을 못 떼는 큰아이에게 "엄마가 몇 번 얘기해. 책 덮어." 하며 혼을 내는 엄마였다. 그뿐만이 아니다. 하은맘의 책을 읽고는 DVD를 들려주려고 오디오를 샀다. 책에 제시된 모델명 그대로. 큰딸도 이제 낼모레면 초등학생인데 이제라도 열심히 '흘려듣기'라도 해 줘야지 하는 마음으로 말이다.

그런데 세 살 막내가 무언가 틀어 주려고 하면 막무가내로 덤비고 버튼들을 눌러 이마저도 내게는 벅차게 다가왔다. 어느 날부터인가 오디오는 옷장 맨 위 칸으로 올라갔다. 나중에 딸들이 스스로 작동할 수 있게 되었을 때 아이들끼리 동요 시디를 틀고 춤추는 용으로 전락했다. 잠수네가 말하는 그 흔한 '흘려듣기'마저도 해줄 수 없었던 우리 집은 영어의 청정 지역이었다. 나는 세 딸을 먹이고 치우는 데도 벅찬 엄마였다.

나는 유아교육 전공 후, 어린이집에서 아이들을 가르친 후엔 가베 방문 교사로 프리랜서 일을 했다. 병원에 계시는 엄마를 돕는 시간이 필요해서 시작한 것이었지만 자유로운 시간도 좋았고 새로운 수업을 고안하고 아이들을 만나는 시간도 내게는 재미있었다. 가베는 놀이를 통해 언어뿐 아니라 수 개념과 공간지각 능력을 키워주는 좋은 교구였으며 교사의 역량에 따라 독서, 과학, 미술 등 다양한 수업을 접해 줄 수 있는 도구가 되어 주었다. 무엇보다 아이들에게 창의력을 선물하는 가베 수업에 대한 애착이 있었고, 내 역량을 발휘하여 다양한 수업을 진행한다는 자부심이 있었다. 나중에 결혼해 아이를 낳으면 가베만큼은 꼭 해 주고 싶다는 생각을 했다.

내가 미혼 때 유치 과정을 가르쳤던 아이 엄마가 막내 늦둥이를 낳고 초등학교 1학년이 되자 초등 가베를 부탁하셨다. 나도 육아를 하고 있어 수업이 어려웠지만 초등학교 1학년이 된 큰아이랑 친구여서 그룹으로 수업을 진행하였다. 그 덕분에 큰아이만 일련의 모든 과정을 접할 수 있었다. 점점 살림과 독박 육아에 찌든 엄마의 에너지 고갈로 동생들에게 가베는 블록 비슷한 원목 장난감으로, 가끔 가지고 노는 놀잇감 정도가 되었다.

그러던 중 지인이 가베가 아이들에게 좋다는 것을 알고 자기 아들을 가르치기 위해, 가베 티칭 과정을 이수하고 수업 계획을 세워서 아이에게 가베 수업하는 것을 보게 되었다. 언제라도 마음만 먹으면 할 수 있게 모든 준비가 되어 있는 베테랑 교사였지만, 해 주지 않는 나와는 너무나 대조적인 모습이었다. 나는 이렇게 엄마표를 거론하기엔 무언가 부족한 엄마이다.

그럼에도 불구하고 내가 엄마표를 이야기하고자 하는 것은 누구 표라는 의미를 다시 생각해 보고 싶어서이다. 가령 우리는 백종원표라고 하면 떠올리는 것이 있다. 단번에 "대충 넣어유. 간단하쥬. 아! 그리고 마지막에 설탕을 넣어유. 팍팍."을 떠올릴 것이다.

이처럼 각자 엄마가 해 주신 음식 하면 엄마만의 고유한 손맛을 떠올리게 하는 메뉴들이 있을 것이다. 우리 딸들도 어디에서도 맛보지 못했던 엄마표 간장 닭발을 무척 좋아한다. 언젠가 언니 집에 갔다가 딸들이 매운 닭발을 먹게 되었다. 처음으로 먹어 본 매운 닭발에 마음을 뺏겨, 신세계를 경험한 듯 물에 씻어 먹던 딸들을 위해

맵지 않게 간장 양념으로 만들어 준 것이다. 그 후로 딸들이 엄마 최고를 외치며 찾는 메뉴 중 하나이다.

교육도, 엄마만이 아이에게 해줄 수 있는 엄마표가 누구에게나 다 있다고 생각한다. 그리고 그 엄마표가 가장 강력하다고 생각한다. 왜? 우리 아이를 나보다 더 잘 아는 사람은 없을 테니까. 아이를 잘 가르치는 선생님의 공통된 특징은, 아이에 대한 남다른 관심과 애정을 바탕으로, 아이의 특성을 파악하여 최적의 교육을 제공한다는 것이다. 이것으로 비추어 볼 때 엄마를 따라 올 사람은 없을 것이다. 이런 생각이 나로 하여금 문화센터를 기웃거리지 않게 했다.

물론 운전도 못 하고 길치이며 거기다 정보력까지 부족한 내게는, 그런 사소한 것들도 큰일처럼 다가왔다. 또한, 엄마와 함께 노는 시간 즉, 엄마표 놀이시간이면 충분하다고 생각했었기에 굳이 그렇게 번거로운 일을 계획할 이유도 없었다.

큰아이가 태어났을 때 아이를 위해 책을 사 주고 싶은데, 어떤 책을 사 주어야 하는지 알 수가 없었다. 앞서 키운 언니에게 물어보니 유명 단행본들을 추천해 주었다. 몇 글자 없는 이 단권의 책값이 어찌나 비싸게 느껴지던지, 신혼살림에 엄두가 나지 않아 정말 단권 몇 권씩만 사 주어야 했다. 그렇게 귀한 책을 들고 아이의 반응 하나하나에 감격하며 다양한 방식으로 읽어주었다.

얼마 후 지인께서 아직 이르기는 하지만 소중한 책을 우리 집에 주고 싶었다며 과학책 세트를 주셨는데 얼마나 감사했는지 모른다. 그 과학책은 빠르면 여섯 살부터 초등학년까지는 읽힐 글 밥이 있는 책이었지만, 나는 마냥 감사하기만 했다. 돌도 안 된 아가랑 보드북도 아닌 양장본을 들고 아이의 눈높이에 맞추어 온갖 의성어들을 동원하고 동작을 선보이며 읽어 주었다. 심지어는 아이의 집중도에 따라 그 글 밥 그대로 읽어주기도 하였다. 책에 초롱초롱 눈을 맞추며 까르르 웃는 아이의 모습은 아이를 바라보던 내 눈과 마음도 기쁨으로 춤추게 했다.

어떤 날은 아이가 거치대에 빨래를 널고 있는 엄마를 따라 아장아장 발을 떼고 거치대를 정글짐 삼아 놀다 빨래집게에 관심을 보였다. 그럼 그런 날은 빨래집게가 최고의 놀잇감이 되었다. 집게를 모두 꺼내 아이가 입고 있는 옷에 하나하나 매달아 가며 놀다 보면 소근육의 협응도 일어나게 되고 자연스럽게 수 세기 놀이도 하게 된다. 아이의 관심이 머무는 곳에 나도 머물러서 놀다 보면, 하루가 갔고 거기다가 아이 잘 챙겨 먹이며 내 밥 잘 챙겨 먹으면 감사한 하루였다.

아이를 키우며 영상과는 담을 쌓았다. 집에 TV도 없었고 자극적인 영상 매체만큼은 멀리해 주고 싶어 아이 용품도 아이가 잠들면 시키곤 했다. 현란한 영상 매체에 아이의 눈을 빼앗겨, 상상하고 사고하는 뇌를 내어주고 싶지 않았다. 그러니 우리 아이는 책이 제일 재미있는 세상이었다. 엄마가 말로 설명하고 소리로 들려주었던 이야기들이 판타지 세상이 되어 펼쳐지는 공간이 우리 아이에겐 책이었다. 그러니 아이는 책만으로도 얼마나 재미있었을까?

TV도 게임도 없던 집에 초등학교 4학년인 둘째 딸이 졸라서 게임을 시작한 후 딸이 한 말이 있다. "엄마 게임을 한 뒤로 재미있었던 놀이들이 재미없게 느껴져."라는 말이었다.

세 돌 전의 아이들에겐 영상 매체를 멀리하기를 권한다. 엄마의 편리함을 위해서나 교육의 목적으로 아이의 광대하고 놀라운 세상을 조그마한 핸드폰 안에 갇히게 하지 않기를 바란다. 기계음보다는 엄마의 육성으로 들려주는 소리가 아이의 정서와 뇌 발달에 좋다는 것을 우리는 알고 있다.

'신성욱 저널리스트의 뇌과학을 통해 본 디지털 시대'라는 강연에서 미시간 대학 학생들을 두 그룹으로 나누어서 실험한 연구에 대한 이야기가 나온다. A그룹은 모여서 하고 싶은 이야기들을 자유롭게 나누게 했다. B그룹은 어려운 주제를 주고 논리적인 토론을 하게 했다. 30분 후 뇌에서 일어나는 변화를 측정하기 위해 두뇌의 사령탑이라고 불리는 전전두엽을 측정했을 때 A그룹만 전전두엽이 활성화되어 있었다. 시험을 본 결과도 A그룹이 B그룹보다 15%나 평균 성적이 향상돼 있었다. 정보를 교환하는 내용이 아닌 마음을 주고받는 대화에서 뇌가 활성화된다는 것이다.

아이를 정말로 똑똑하게 키우고 싶다면 아이를 품에 안고 이야기를 들려주자. 수다가 주는 뇌의 유익성을 기억하고 정보를 주입하는 시간이 아닌 엄마와 이야기를 나누고 대화를 나누는 엄마표로 기르자. 엄마표는 엄마의 고유한 손맛처럼 우리 엄마만이 전해 주는 사랑과 맛을 담은 이야기인 것이다. 그래서 나 같은 엄마가 엄마표 육아를 하자고 말할 수 있는 것이다. 수다쟁이 엄마들의 엄마표 육아를 응원한다.

꽤 괜찮은 엄마인 줄 알았습니다

×
×
×

나는 어릴 때부터 아이들을 좋아했다. 그래서 성장한 후 자연스럽게 유아교육을 전공했다. 대학 졸업 후, 어린이집에서 아이들을 가르칠 때도 천직으로 알고 사명감과 행복감으로 일을 했다.

근무 당시 내가 근무하고 있던 어린이집은 4~5세 아이들이 100명, 또 유치 교육과정의 6~7세 반 아이들이 200명이 되어 300명 정도의 아이들이 다니는 곳이었다. 그리고 차량 선생님, 주방 선생님 및 정교사들을 모두 합치면 근 30명이 되는 교직원들이 함께 일하는 곳이었다. 인근 초등학교 교장 선생님께서, 이곳을 졸업한 아이들은 초등학교에 와서 하나같이 똑똑하고 두각을 나타낸다고 찾아와 인사를 하신 적도 있었다. 그러니 엄마들 사이에서 인기가 자자했고 어린이집이 원아 모집을 하는 날은 새벽부터 줄을 서야 겨우

들어올 수 있는 곳이었다.

그런데 나는 그 교육 현장이 너무나 안타까웠다. 수, 과학책, 주사위 수책, 한글 수업, 종이접기 책 등 아이들의 학습 분량이 너무나 많았다. 물론 몸으로 하는 체육 수업, 발레 수업 등 기타 활동들도 다양했다. 하지만 아이들이 친구들과 놀이를 통해 배우고 다양한 것들을 직접 경험하기보다는 수북이 쌓여있는 교재들을 순차적으로 수행하기에 바빴다. 이렇게 어릴 때부터 공부와 학습이라는 테두리 안에 놓여 있는 아이들의 모습이 안쓰러웠다. 아이들이 공부라는 하나의 목표를 향해 맹목적으로 살아가게 되는 것 같은 교육 현실이 안타깝게 다가왔다.

유아, 유치 시기에 아이들은 자연을 가까이하고 그 안에서 뛰어놀면서 몸으로 배움을 얻어가는 시기이다. 많은 교육보다는 부모와 갖는 안정적인 애착 안에서 애착의 지경을 넓혀, 건강한 유대감과 완만한 사회성을 길러 가면 그것으로 충분하다. 그런데 유치 과정부터 이렇게 딱딱한 의자에 앉아 학습 위주의 수업을 받고, 조금 더 성장하면 학원이라는 곳으로 스케줄이 짜여서 이동하는 것이 요즘 아이들의 모습이다. 이런 모습을 보며 아이들이 행복하게 성장하면 좋겠다는 생각을 자주 했었다. 사교육만이 정답은 아닐 텐데라는 생각을 하며 지금은 남편이 된 남자 친구에게, 사교육 없이 건강한 자존감을 세워주며 양육하자는 교육관을 공유하곤 했었다.

이렇게 아이들에 대한 사랑과 교육에 대한 관심과 철학을 가지고 있었던 나는 결혼을 해 첫아이가 우리 가정에 찾아왔을 때 말도 못 하게 기쁘고 행복했다. 그 당시 소망하던 임신 소식과 대학원 합격 소식이 함께 들렸다. 하고 싶었던 분야를 공부하니 재미가 있어서 아동심리, 집단상담, 교육 철학, 인지심리학 등 관심 있었던 수업을 들으며 임신 기간을 보냈다.

출산과 조리를 하고, 신생아 아기를 키우는 6개월 정도, 딱 한 학기를 쉬고 7개월 될 때 다시 학교에 갔다. 완모를 하는 아기를 위해 모유를 짜서 준비해 놓았고 그날만큼은 아이도 낯선 젖병으로 엄마의 모유를 먹어야 했다. 대학원에는 이동식 유축기를 가지고 다니며 빈 강의실을 이용해 유축했다. 일주일에 두 번 정도로 수업을 몰아 하루는 아버님께, 하루는 지인께 아이를 맡기고 대학원 수업을 받았다.

아이를 맡기러 가는 길에 7개월 된 아기에게 항상 상황을 설명했다. 아기 띠를 하고 이동하면서 "엄마 학교 잘 다녀올게. 엄마 어디 가는지 알지? 엄마랑 배 속에서 수업 들었었지? 엄마도 잘 다녀올게. 서은이도 젖병 적응 잘하고 엄마 모유 잘 먹고 있어요. '네' 하고 대답해야지?" 하면 신기하게도 아기는 "네" 하고 대답을 했다. 우리는 매일 그날이 되면 같은 대화를 하곤 했다.

나의 성장 과정에서 느꼈던 점과 유아교육과 교육학을 공부하며 깨달은 점들, 또 여러 가지 책을 통해 정립한 교육 철학을 가지고 첫아이를 키웠다. 아이에게 항상 눈을 맞추고 많은 얘기들을 했었다. 언제나 아기 언어가 아닌 일반 언어로 모든 얘기들을 풀어서 설명하며 들려주었고 수다쟁이가 되어 아이와 교감하며 지냈었다. 그리고 아이랑 있는 동안은 순전히 엄마로 있다, 아이가 잠든 10시 이후가 돼서야 학생이 되어 과제를 하게 되니 곧잘 날을 새우기도 했다.

새벽에도 2~3시간 간격으로 모유 수유를 하면서 대학원 공부를 하다 보니 몸은 피곤했지만 배우고 싶었던 것들을 배우고, 소중한 자녀를 키운다는 것은 큰 행복이었다.

첫아이를 키울 때 나보다 먼저 결혼을 했지만 아직 아기가 없는 친구와 자주 왕래를 했었는데 그 친구가 시험관 아기를 통해 귀한 아기를 갖게 되고, 아이를 낳아 키우며 내게 한 말이 있었다. "넌 서은이 두세 살 때 어떻게 그렇게 '안 돼.'라는 말을 안 썼니? 내가 아이를 키워보니 정말 하루에도 몇 번씩 안 된다고 말하게 되는지 몰라. 넌 어떻게 안 된다는 소리를 한 번도 안 하고 키웠니?" 그랬다. 아이를 무조건 받아주는 엄마여서 안 된다는 말을 안 했던 것이 아니다. 언어의 선택을 다르게 했던 것이다. 같은 말을 전달해도 "안 돼."가 아니라 "이렇게 하면 좋겠네. 이렇게 할까?"라고 항상 긍정어를 선택했었다.

돌아보면 첫아이를 키우는 시기, 항상 내 마음엔 아이 안에는 선한 의도가 있다는 생각이 있었다. 아이가 울 때도 그것은 의사를 잘 전달하기 위함이고, 그럴만한 이유가 있다고 생각했다. 아이와 눈을 맞추고 아이의 마음을 읽으려고 했기 때문에 아이의 의도를 잘 파악할 수 있었다. 아이가 이 순간 떼가 난 것 같지만, 사실은 앞서 느꼈던 불만족을 여기에서 이렇게 표현한다는 것을 알 수 있었다. 아이가 하나이니 늘 눈을 맞추고 있었기에 가능한 일이었던 것 같다.

그렇게 보내는 동안 큰아이가 17개월 때 둘째가 찾아왔다. 둘째도 엄마 배 속에서 대학원 마지막 학기를 함께 다녔다. 둘째는 태교를 따로 할 여유가 없었다. 언니와 동요를 부르고 동화책을 읽는 소리가 태교가 되었다. 둘째가 배 속에 있을 때까지만 해도 나는 참 괜찮은 엄마라고 생각할 뻔했다.

둘째가 태어나고 나는 모유 수유를 하느라 하루에도 몇 번씩 수유 쿠션을 끌어안고 있었다. 내 몸은 '꼼짝 마!'이니 이제 막 두 돌이 지난 큰딸에게 여러 번 같은 말을 반복해야 했다. 그러니 답답한 마음에 아이에게 화를 내는 일이 생겼다. 나의 이상과 현실의 괴리 앞에서 무너짐을 경험하게 되는 시간이었다. 그뿐만이 아니다. 셋째는 '태교가 뭐예요?' 상태가 되었고 세 아이 육아를 하며 목소리가 담장을 넘기 시작했다. 득음의 경지가 되었다.

'그때 그 온화한 엄마는 어디로 간 것인가? 나의 교육 철학과 사용하고 있던 수많은 대화법과 아이를 이해하는 방법은 다 어디로 간 것이지? 교육과 상담을 공부했던 시간은 있었던 것인가?' 자괴감이 찾아들었다.

혼자서 나를 추스를 시간과 책을 읽는 시간이 고팠다. 일곱 살, 다섯 살, 두 살 아이들이 자는 새벽 시간 그 고픔이 나의 새벽잠을 깨웠다. 아이들 숙면에 방해되지 않도록 아이들 발치에 스탠드를 켜고 책을 폈다. 아이들이 깨 엄마를 찾으면 언제라도 토닥여 줄 수 있는 5분 대기조 엄마로 말이다. 그렇게 다시 교육 철학이 담긴 육아서를 보며 내가 너무 멀리 와 있다는 것을 깨달았다.

육아를 하며 내가 꽤 괜찮은 엄마가 아니라는 것을 절절하게 깨닫게 된다. 그래서 나는 다시 책을 통해, 아이들을 통해 계속 배워가는 엄마가 되었다. 엄마라는 이름에 입학이 있는 줄은 모르겠으나 졸업은 없다. 깨달은 것 같아도 그것을 삶으로 녹아내는 것은 또 다른 차원이 된다. 부대낌 가운데 조금은 성숙해졌나 싶으면 이번엔 또 사춘기 엄마라는 새로운 육아 세상이 열린다.

나는 오늘도 꽤 괜찮은 엄마는 아닐지도 모른다. 하지만 좋은 엄마가 되는 길은 그 깨달음에서부터 시작되는 것이 아니겠는가. 난 오늘도 아이들과 눈을 맞추며 아이들이 들려주는 메시지를 통해 나를 돌아보며, 한 걸음 한 걸음 배우는 자세로 가려고 한다. 그 안에서 배우고 성장하는 엄마가 되려고 한다.

아이의 빛을 덮는 엄마라는 가리개

어린이집 교사로 있을 때 재기발랄한 여자아이가 있었다. 선생님의 질문에 얼마나 '톡톡' 튀는 대답을 하는지 볼 때마다 사랑스러운 아이였다. 아이의 기발한 아이디어와 창의적인 생각이 반짝반짝 빛이 났다.

어느 날 엄마에게서 상담 전화가 왔다. 아이가 글을 어느 정도 읽을 줄 아는데 책을 펴서 그림을 보고 엉뚱한 말로 읽는다는 것이다. 그러지 말라고 혼을 냈더니 이제는 엄마가 못 듣게 소리를 낮추어 읽는데 가서 자세히 들어보면 스토리랑 다른 이야기를 하고 있다는 것이다. 아이를 알기 때문에 기발한 상상력을 발휘한 아이의 이야기들이 그려지는 것 같았다.

아이의 모습이 엄마에게 왜 걱정거리로 비쳤을까? 엄마의 정형

화되고 닫힌 사고는 아이의 풍성한 창의력을 다 담을 수가 없다. "너 한글 몰라? 여기 있는 글씨대로 읽어나가야지. 너 지금 뭐 하는 거야. 자꾸 그렇게 엉뚱하게 읽을래?" 하며 아이의 창의력과 상상력을 엄마의 가리개로 덮어버리는 것이다. 정도의 차이는 있겠지만 엄마들이 범하는 정형적인 실수라고 생각한다. 엄마의 기준대로 아이를 담아 놓으려고 한다.

아이들은 정말 톡톡 튄다. 제아무리 붙들어 놓으려고 해도 잠시도 쉴 새 없이 움직인다. 몸으로 뛰지 않으면 입으로라도 재잘재잘 표현해야 살 수 있는 존재가 아이들인 것 같다. 이제 막 초등학교에 들어간 막내까지 해서 초등학생인 세 딸도 몸과 입이 쉬지 않는다. 장난을 치며 몸이 부산한 아이들에게 정신없다고 앉아서 숙제하라 하고 돌아서면, 어느새 노랫소리가 귓가에 쩌렁쩌렁하게 울려 퍼진다. 4학년 수학책을 풀며 열창하는 둘째 딸에게 난 "좀 조용히 해줘. 노래에 그렇게 집중하면 수학 문제가 잘 안 풀려. 문제에 집중해."라고 말했다. 귀가 쉬고 싶은 엄마의 마음의 소리가 입 밖으로 나와 버린 것이다.

그런데 딸이 노래를 멈추는가 싶더니 갑자기 수학 문제 푸는 방법을 입으로 줄줄 생중계한다. 마치 수학 강사 유튜브 채널 인양 "이번 문제는요. 이렇게 풀면 쉽지요? 제가 자주 쓰는 방법인데요. 여러분에게만 알려 드리는 거예요." 하며 입을 쉬지 못한다. 앞에

카메라가 있는 양 문제를 설명하는 딸이 얼마나 신이 나서 문제를 풀던지 숙제가 엄청나게 빨리 끝났다고 좋아한다. 그 모습을 보며 몸이 책상에 고정되어 있으면 자신의 소리라도 자유롭게 움직여야 사는 것이 아이들이라는 생각이 들었다.

《아이를 위한 한 줄 인문학》의 김종원 작가도 "생각은 머리가 아니라 다리로 하는 것이다. 가만히 앉아 있으면 생각도 가만히 굳어 버리게 된다. 아이들이 여기저기로 움직이며 무언가를 말할 때, '조용히 해, 가만히 좀 있어.'라고 다그치는 건, '그만 생각을 멈춰줘!' 라고 외치며 아이의 창조성을 억누르는 것과 같다."라고 말했다. 하지만 어린아이를 키우는 엄마로 아이들에게 이런 말을 안 하기가 참 힘들다. 나 또한 그렇다.

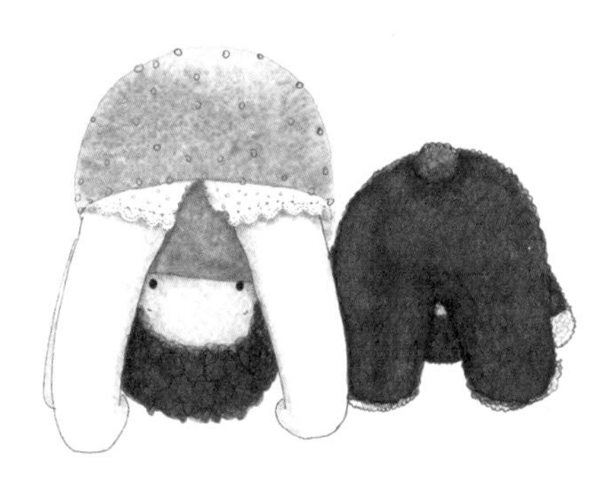

아이들의 몸을 움직이는 시간을 아이들의 뇌가 반짝이며 빛을 내는 시간으로 기억한다면 조금 더 쉬워지지 않을까 생각해 본다. 쉽게 내뱉는 "좀 가만히 좀 있어. 좀 조용히 좀 해."라는 말들이 아이들의 빛을 덮어버리는 가리개가 된다고 생각한다면 한 번 더 생각하고 말하게 될 것이다. 아이들의 피부는 '제2의 뇌다.'라는 말도 있지 않은가? 아이들이 부산하게 무언가를 만지고 뛰고 노래하는 시간은 아이들의 뇌가 빛을 내는 시간이라는 것을 기억하자.

《아이의 자존감, 믿음이 키운다》의 저자 홍미혜 작가는 첫아이를 키우며 철저하게 훈련 모드였다고 한다. 공부를 계속해 왔던 엄마인데다가 완벽주의 성향까지 가지고 있어서 내 아이는 공부를 잘해야 한다는 생각을 은연중에 품고 있었다고 한다. 내 아이는 다른 아이들만큼 공부도 잘하고, 모든 면에서 뒤처지지 않는 아이이기를 바라다보니 초등학교 1학년인 아들에게 받아쓰기 시험도 최선을 다해 연습시키고 수학도 열심히 가르쳤다고 한다. 그뿐만 아니라 초등학교에서 실시하는 글짓기 대회는 미리 주제에 대해 생각해 보며 준비하게 하고, 미술대회라면 미리 한 번 그려보게 한 후 참가하도록 했다고 한다. 지금 생각해 보면 잘못된 열성 엄마의 표본이었으며 욕심이 앞선 시행착오였다고 말한다.

아이 안에 가지고 있는 창조적인 빛을 덮는 데 엄마의 욕심이 큰 역할을 한다. 아이 스스로 빛을 뿜을 새도 없이 엄마의 방법과 틀

속으로 아이를 가둔다. 학교라는 공간에서 두각을 나타내기를 바라며 교육이라는 이름하에 우리는 아이들에게 한 가지를 요구하고 한 가지 빛을 내라고 강요하고 있는지도 모른다. 아이만의 고유한 빛을 허용하지 않는다. 아이만의 다채로운 빛을 보며 사회적 잣대를 들이민다. 지금 너 나이에는 이것을 해야 한다며 아이에게 수행해야 할 일들과 능력을 발휘해야 하는 것들을 줄줄이 줄을 세운다.

다중지능 이론의 창시자인 하워드 가드너 박사는 다중지능 이론을 처음 제기하여 교육학적으로나 심리학적으로 많은 공헌을 하였다. 가드너는 지능에는 8가지가 있다고 말한다. 음악 지능, 신체 운동 지능, 논리수학 지능, 언어 지능, 공간 지능, 자연탐구 지능, 대인관계 지능, 그리고 자기이해 지능이다. 다중지능 이론의 가장 큰 시사점은 인간의 지능을 단순히 한 가지 지능으로 규정하지 않고 여러 가지 지능으로 규정한다는 점이다.

이 이론에 근거하면 모든 아이는 저마다의 장점과 잠재력을 품고 있다는 것을 알 수 있다. 단 하나만이 지능이라고 생각한다면 엄마가 세운 기준점을 채우지 못한 내 아이는 부족한 아이로 보일 것이다. 하지만 더 넓은 지능의 스펙트럼을 인정하고 바라봐 준다면 아이에게서 다채로운 빛이 뻗어 나감을 볼 수 있다. 아이의 빛을 그대로 인정하면 엄마는 더 이상 선생의 자리에 있지 않아도 된다.

예전에 노신사의 강연을 들은 적이 있다. 강사님 강연의 내용은 대부분 잊었지만, 이것 하나만큼은 잊지 않고 기억하며 남편을 대하거나 육아를 할 때 떠올린다. 바로 '그 사람에게 내가 누구이냐는 정체성을 잊지 말라.'는 것이다.

남편과의 대화에서 남편이 어렵게 꺼낸 회사의 일이나 동료에 대한 이야기를 들을 때 "당신 그런 일이 있어서 마음이 무겁고 속상했겠네." 하며 아내의 입장에서 남편의 편을 들어주는 것이 좋다. 그런데 "그러니까 일을 어떻게 했었어야 하는 것이 아니냐.", "동료랑 이렇게 했으면 좋았지 않겠느냐." 하며 상사의 위치에서 얘기한다는 것이다. 그 메시지가 내겐 큰 교훈으로 다가와 육아를 할 때 자주 대뇌이게 되었다. '내가 지금 엄마의 입장에 서서 얘기하고 있나? 다른 모습으로 아이 앞에 서 있지 않나?' 하고 말이다.

아이에게 교사가 되지 말고 엄마로 존재하자. 엄마의 한자어인 어미 '모(母)'는 아기를 안고 젖을 먹이고 있는 여성의 모양을 본떠 만든 상형문자다. 어미 '모'의 상형문자가 나타내는 것처럼 엄마가 해야 할 일은 아이를 포근한 품에 안아주는 것이 아닌가 생각해 본다. 아이들이 아기일 때는 이것은 너무나 당연한 것이 된다. 아이를 품에 안고 먹이고 재우는 것이 큰 사명이 된다. 잘 먹고 잘 자는 아이 또한 아이가 해야 할 일을 잘하고 있는 것이며 엄마에겐 더없이 사랑스럽고 기특한 모습이다.

그러나 아이들이 크면 어떠한가? 아이가 벌써 세, 네 살만 되어도 엄마들은 아이들에게 요구하고 바라는 것이 생긴다. 어느덧 아이들을 사랑거리로만 바라보지 못하고, 자랑거리 삼고 싶은 마음이 발동한다. 아이의 영특함이 큰 기쁨이 되어, 과한 욕심이 생기는 것이다. 엄마 욕심은, 아이의 다양한 스펙트럼의 빛을 가리는 가리개가 된다는 것을 기억하고, 가리개 대신 넓은 엄마의 품을 항상 준비해 두면 좋겠다.

엄마의 조급증이 무기력한 아이를 만든다

어린이집에 있다 보면 같은 여섯 살 친구들이라 해도, 체구도 다양하고 야무진 정도도 다 다르다. 지금도 기억에 남는 친구들이 있다. 효주는 또래보다 체구도 아담할 뿐 아니라 볼이 통통하고 피부가 뽀얘서 아기같이 보이는 친구였다. 눈을 반짝이며 수업을 듣고, 밝은 미소를 지으며 흥미롭게 활동을 하는 친구였지만 소란스럽거나 적극적으로 발표를 하는 친구는 아니었다.

선생님이 지목하여 물어볼 때만 배시시 수줍게 웃으며 자기의 생각을 말해 주는 얌전한 친구였지만 야무진 친구였다. 일괄적으로 아이들 식판에 음식을 담아 주느라, 아토피가 있는 효주가 먹지 말아야 할 음식을 깜박하고 담아 놓으면, 조용히 식판을 가지고 나와 "선생님, 저 이것은 먹으면 안 돼요."라고 말해 주었다. 그런 아이의 모습을 보고 있으면 어리고 체구가 작은 효주를 믿어 주시고 아이와 늘 대화하는 엄마의 모습이 떠올랐다.

그에 반해 현수는 반에서 키가 제일 큰 친구였고 여동생도 있는 맏이였다. 하지만 현수는 자기가 해야 할 일을 늘 놓쳐 손이 많이 가는 친구였고, 친구들과 문제도 많이 일으키는 아이였다. 그래서인지 엄마도 항상 현수가 못 미더우시다. 부족하다고 생각되는 만큼 아이에게 많은 학습을 시키셨고 수시로 상담 전화를 요청하셔서 아이의 일거수일투족을 확인하셨다. 엄마의 조급증은 아이에게 그대로 전해지는 것 같았다. 모든 행동을 확인하며 꾸중하는 엄마 밑에서 현수는 더욱 산만해졌고 까칠하고 예민한 아이가 되어 갔다. 엄마는 아이가 쉽게 변하지 않고, 좋아지지 않으니 간섭이 많아지고 조급함이 늘어나셨다. 또 현수는 현수대로 더 심각해져 가는 모습이 마치 뫼비우스의 띠처럼 보였다. 하나로 연결된 고리처럼 양면의 모습들이 같이 움직이고 있었다.

그때는 미처 알지 못했는데 현장을 떠나 대학원에서 아동심리상담 등 여러 가지 수업을 들으며 알게 되었다. 현수가 나타낸 모습들이 소아 무기력증 증세의 하나라는 것을. 대부분 소아 무기력증 하면 의욕 저하, 기분 저하의 상태만을 생각할 것이다. 나 또한 현수의 소란스럽고 문제를 일으키는 모습이 과잉행동처럼 보여 역으로 소아 무기력증을 떠올리지 못했다. 그러나 돌발적인 과잉 행동을 보이는 증상도 소아 무기력증의 한 부분임을 알게 되었다.

보통 아이들의 소아 무기력증은 부모의 과잉보호 때문에 나타난다고 한다. 그도 그럴 것이다. 아이가 아이 스스로 무언가를 해 볼 사이가 없이 '어디선가 무슨 일이 생기면 나타나는 홍반장'처럼 엄마가 모든 일을 해준다면 아이는 자기 스스로 무언가를 해야 할 이유도, 하고 싶은 의욕도 없을 것이다. 아이들이 처음에는 편하게 느낄 수 있지만 나중에는 사소한 것도 혼자서는 해 볼 자신이 없어지고, 장기간 지속되면 무언가를 시도할 의욕마저 없어지는 무기력증으로 발전 할 수 있다.

부모의 과잉보호는 아이의 독립심과 사회성 발달마저 떨어뜨리는 요인이 되기도 한다. 자주 뵙게 되는 또래 엄마 중에 아이들이 같이 놀고 정리를 하려고 하면 어디선가 나타나 아이는 손도 못 대게 하는 분이 있었다. 다른 엄마들이, 노는 것은 스스로 정리하자며 아이들을 기다려 주고 있는데 그분은 자기 아이는 정리에서 열외를 시켰다. 본인이 아이 대신 하겠다며 아이를 뒤에 앉혀 놓고 손을 걷었다. 아이에게는 힘든 것을 하나도 허락을 하지 않았다. 심지어 아이들이 하는 놀이나 게임에서도 늘 자기 아이만 열외나 특혜를 주어야 했다. 자동으로 다른 아이들의 불평이 늘고 전체 분위기가 안 좋아지는 경우가 생겼다. 그러다 보니 주변 엄마들도 여간 불편한 게 아니었다.

아이가 누군가를 때려도 엄마가 달려온다. 아이를 주의 시키거나 훈계하는 것이 아니라 엄마가 사탕을 사 와 친구의 손에 쥐여 주며, 미안하다고 대신 사과를 하며 상황을 종료시켰다. 아이는 그 모습을 옆에서 지켜보고만 있었다. 보다 못한 한 엄마가 아이를 왜 그렇게 혼내거나 가르치지 않느냐고 물었다. 엄마는 아이의 자존감을 세워주기 위해서 혼을 내지 않는다고 말했고 그 말을 듣는 엄마들은 눈살을 찌푸리게 되었다.

아이는 점점 할 수 있는 일이 적어졌다. 유일하게 할 수 있는 것은 '엄마'라는 한마디였고 어느새 친구들도 그 친구랑 노는 것을 불편해했다.

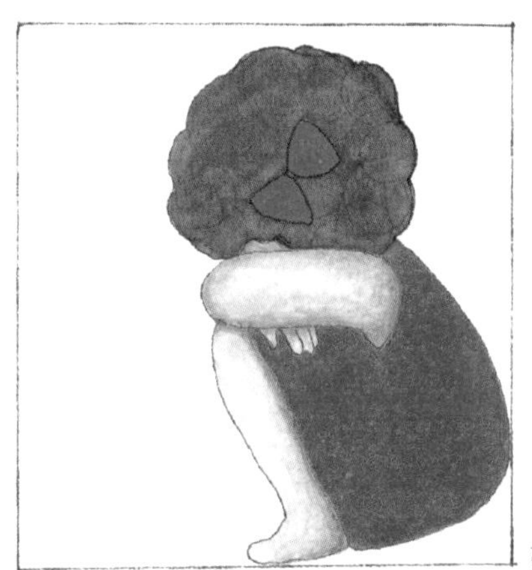

조금만 일이 생겨도 엄마를 불렀고, 그러면 어김없이 달려가 아이의 요구대로 모든 것을 설정하니 같이 노는 아이들도 함께 노는 자리를 피하게 되었다. 엄마의 과잉보호는 아이의 사회성마저 무기력하게 만들게 됨을 여실히 보게 되는 시간이었다.

무기력의 또 다른 원인으로는 발달 수준과 맞지 않는 교육을 제공하는 경우이다. 한때 사회의 이슈가 되었던 조기교육, 영재교육의 열풍이 발달 수준과 맞지 않는 교육을 강요하므로 일부 아이들에게 문제를 나타내는 경우를 매체를 통해 접할 수 있었다. 마찬가지로 아이의 수준에 맞지 않는 교육은 아이에게 무기력을 안겨준다. 이걸 내가 어떻게 하지라는 생각에 지레 겁을 먹고 아예 손도 못 대고 뒤로 숨게 되는 것이다.

다른 경우에는 완벽주의 성향 때문에 무기력증이 찾아오곤 한다. 어설프게 하거나 실패하게 될까 봐 미리 걱정해서 아예 시도하지 않는 경우이다. 또는 엄마가 나타내는 기대감과 완벽주의 성향을 보며 '나는 저 기대에 만족을 줄 수 없어.'라는 생각이 무기력감을 만들어 역으로 행동하는 경우도 있다. 현수의 경우처럼 말이다. 현수 같은 경우는 6세 남자아이지만 그 집안의 장손이며 할아버지 할머니와 같이 살고 있었다. 그러다 보니 엄마도 본의 아니게 많은 것에 주의를 주며 양육하게 되었고 장손이 잘돼야 한다는 기대감이 항상 따라다니게 되었다. 부담스러운 기대 앞에서 아이는 과장되고 돌발적인 행동으로 무기력감을 나타냈다. "나는 그런 것을 할 수 있는 아이가 아니에요. 나는 너무 힘들어요. 나를 여섯 살 아이로 바라봐 주세요."라는 말을 행동으로 말하고 있었던 것이다.

아동심리 상담 시간에 아이의 무기력증에 대한 연구와 사례 발표를 하는데 나는 현수가 생각이 났다. 함께 발표하고 이야기하면서 아이의 무기력에 엄마의 조급증이 얼마나 큰 작용을 하는지 볼 수 있었다. 정도의 차이는 있겠지만 우리 모두 엄마라는 권위를 가지고 아이들에게 엄마의 의견을 강압적으로 강행할 때가 있다. 나도 때때로 마음이 급해져 아이들의 의견은 묻지도 않고 아이들에게 지시적일 때가 있다. 그러면 아이는 긴말을 하고 싶어도 분위기를 보고 차마 말은 못 하고 "휴~ 네." 하며 영혼 없는 대답을 한다. 아이의 실행은 자신의 마음이 빠진 빈껍데기만 움직이는 것이다.

아이가 잘되었으면 하는 마음일지라도 아이에게 과한 것을 요구하는 것은 아닌지 돌아봐야 한다. 주변을 보거나 외부환경에 의해 마음이 급해져, 아이를 기다려 주지 못하고 조급증이 발동했던 것은 아닌지 한번 생각해 보는 시간을 가지면 좋겠다. 재촉하고 다그치는 엄마가 아이의 걸음을 멈추게 하고, 아이를 무기력에 꽁꽁 묶이게 한다는 것을 기억하고 아이의 있는 자리에서 한 걸음 한 걸음을 지지해 주는 엄마가 되길 바란다.

저는 의사로 키우기로 했어요

×
×
×

직업과 배우자를 고르는 것만큼 고유한 선택의 영역이 어디 있을까? '내가 그 일을 할 것인가?'의 문제는 그 일을 할 당사자가 결정할 문제이고, '내가 그 사람과 결혼을 할 것인가?' 또한 그 선택을 책임지고 살아갈 사람이 택할 문제일 것이다. 이 두 가지 모두 아이가 성장하며 자기를 알아가고, 세상을 경험하며 스스로 얻어가야 할 답이라고 생각한다. 부모가 선택해 주거나 강요할 수 있는 영역이 아닌 것이다.

그렇기 때문에 스스로 올바른 판단을 하는 아이로 자라도록 바른 가치관을 심어주는 것과 자신을 믿는 믿음 즉, 건강한 자존감을 길러 주는 것이 부모가 해줄 수 있는 최고의 선물이 될 것이다. 그리고 자신의 선택에 책임을 지는 아이로 양육하는 것이 중요하다고 생각한다.

그런데 의외로 엄마들과 이야기를 하다 보면 이 모두가 자신의 선택 안에 있는 것처럼 생각하고 말하는 것을 보게 된다.

다섯 살 아이를 키우는 지인의 이야기이다. 남자아이지만 또래보다 왜소하고 심성도 여린 친구였다. 엄마는 어느 날 친구를 통해서 영재교육원을 알게 되었다. 다섯 살 아이의 교육비라고 하기에는 거액의 교육비와 교구비가 발생하는 프로그램이었지만, 엄마는 상담을 받고 온 뒤 설렘으로 가득했다. 이 곳의 프로그램으로 교육받은 아이들은 단기간 안에 활발한 뇌 발달이 이루어져 아이큐가 또래보다 상당히 앞서가게 된다는 것이다. 엄마는 상담을 다녀온 뒤 바로 등록했고 프로그램을 진행했다. 그리고 얼마 후 이렇게 말했다. "저는 의사로 키우기로 했어요. 우리 아이는 의사로 키우려고요." 아이는 그때부터 일주일에 한 번씩 강남에 있는 센터로 가서 수업을 받았다.

그리고 나머지 요일은 선생님께 코치 받은 방법으로 엄마가 매일 매일 아이와 시간을 정해 프로그램을 진행해 나갔다. 프로그램을 간단히 설명하면 한글, 한자, 영어, 과학, 식물, 역사 인물 등 다양한 프레쉬 카드를 매일 보여주는 방식과 칠교 활용교구나 일일 학습지와 같은 교재 병행으로 이루어지고 있었다.

사업가로 바쁜 엄마와 아이가 유일하게 함께 하는 시간은 프레쉬 카드와 교재를 진행하는 시간이었다. 아이에게는 엄마와 함께 하는 시간에 대한 갈망이 늘 있었기 때문에 처음에는 엄마와 함께 시간을 가질 수 있다는 것만으로도 신이 났다. 한글 카드를 할 때까지만 해도 엄마의 칭찬과 기뻐하는 모습이 아이에게도 기쁨이었다.

프로그램을 삼 개월 정도 진행한 후 엄마는 그곳에서 말한 대로 잘하면 100일 안에 한글을 뗄 것 같다고 기뻐했다. 또 6개월 정도 지난 어느 날은 아이큐 검사를 했는데 다섯 살 또래보다 높은 아이큐가 나왔다면서 현재는 일 년 정도 앞서가고 있다고 자랑스러워했다. 조금 더 진행하면 3년 정도는 쉽게 앞서갈 것 같다고 말했다. 아이가 한글을 마스터할 때쯤 다양한 카드들이 추가되면서 양이 점점 많아졌다.

아이는 1,000장이 훌쩍 넘는 카드를 매일 만나야 했고 카드는 계속해서 누적되어 갔다. 그러면서 엄마의 목소리도 점점 높아져 갔다. "너 이러면 천재 맞아? 엄마의 멋진 아들이 되겠어? 의사 되기로 했지요. 이러면 훌륭한 의사가 되겠어요?"라고 너무나 자연스럽게 아이에게 말했다. 어떤 날은 안 하고 싶어 하거나 수행을 못하는 아이에게 윽박지르기도 했고 모질게 자신에게서 아이를 분리하기도 했다.

한참 뛰어놀며 건강한 신체 가운데 창의력과 지력을 키워가고 엄마의 사랑과 놀이 속에서 자존감을 키워 갈 시기에 아이는 점점 더 말라갔고 자주 장이 탈이나 입원을 하기도 했다. 다섯 살 작은 아이가 감당하기에는 너무 큰 짐이 아이를 누르고 있었던 것이다. 늘 엄마와 함께 하는 시간이 고픈 아이라 엄마를 옆에 두고도 "엄마 보고 싶어. 엄마. 엄마." 하며 울먹이는 아이가 엄마 눈에는 보이지 않는 것 같았다. 자주 아프고 탈이 나는 원인을 멈추어서 생각해 볼 여유가 없었다. 의사로 키울 생각이 엄마의 머릿속에 가득했기 때문이다.

어린이집 교사로 있을 때도 비슷한 모습을 만나기도 했다. "선생님! 우리 아이 수 개념이 잘되어 있나요? 이 정도 수 개념이면 학교 가서 수학 점수가 상위권이 나올까요? 아직 여섯 살이라 고민이긴 한데 지금 하는 학습지 선생님 말고도 필요하다면 좋다는 수 개념 놀이센터가 있어서 그것도 시켜 볼까 해서요. 애들 아빠랑 제가 아이 진로를 공학 박사 쪽으로 생각하고 있어요. 외삼촌이 그 분야에 계시거든요."

반에서 짓궂기로 소문 난 우리 반 대표 개구쟁이, 항상 사건·사고가 많은 친구의 엄마가 상담 시간에 오셔서 처음 하시는 질문이었다. 과격한 행동으로 주변의 친구들을 울리거나 돌발 행동으로 문제를 자주 일으켜서 몇 차례 개인 상담도 했던 친구이다. 그런데 교사가 상담할 내용과 너무나 다른 내용을 준비해 오셔서 놀라지 않을 수 없었다. 아이의 확연한 문제 성향으로 엄마도 마음을 많이 쓰시고 상담하고 싶어 하시겠구나 했는데 마치 엄마는 내 아이를 보고 있지 않은 것 같았다. '그 무엇을 보고 있는 것일까? 어디를 보고 있는 것일까?'라는 의문이 생겼다.

아이가 성장하면서 하나하나 만나야 할 문제를 엄마들은 한참을 당겨서 펼쳐 놓고 생각하느라 정작 아이의 현재 모습을 볼 수가 없는 것 같다. 아이가 어디가 아픈지, 무슨 말이 하고 싶은지 들리지 않는 것이다.

아이들이 초등학교에 가면 학기 초에 제일 먼저 받아오는 작성표가 있다. 아이에 대한 이해를 위해 작성하는 질문지에는 재미있는 질문이 들어 있다. 아이가 되고 싶은 장래 희망을 쓰는 공간에 나란히 부모가 원하는 아이의 장래 희망을 쓰는 공간이 있는 것이다. 처음 아이가 이 질문지를 받아왔을 때 아이들에게 "엄마는 네가 원하는 것이 되길 바라."라고 말해 주고, 아이가 되고 싶은 장래 희망을 부모의 희망란에 그대로 썼다. 그런데 언제부턴가는 '이 질문은 불필요합니다.'라는 사심을 가득 담아 '아이가 선택한 장래 희망을 지지합니다.'라고 써서 보냈다.

아이들은 그것을 작성하는 시간이 아니어도 종종 묻곤 한다. "엄마는 내가 뭐가 되었으면 좋겠어?" 들어 본 적이 없어 더 궁금해하는 것 같다. 그러면 어김없이 "네가 되고 싶은 거."라고 짧게 답한다.

그러면 아이들은 "그래도 얘기해봐. 가수, 선생님, 의사, 교수 뭐 이런 것들 있잖아."라고 묻는다. 그러면 나는 "그러게. 그 많은 것 중에 무엇이 되면 좋을까?"라고 반문한다. 그리고 "엄마는 네가 좋아하고 잘하는 일을 하며 즐겁게 할 수 있는 것을 하면 좋겠어. 자라면서 생각이 바뀌기도 하니까 천천히 찾아봐."라고 말한다. 그러면서 아이와 뭘 잘하는지 얘기해 보기도 하고, 무엇을 좋아하는지도 나누게 된다.

그럴 때면 나도 엄마로서 '넌 ○○를 잘하더라. 그거 할 때 좋아하지.'라고 말하기도 한다. 동물을 좋아해 수의사가 되기를 원하는 둘째 딸에게는 "털 알레르기 때문에 수의사가 가능할까? 그럼 알레르기성 비염부터 얼른 나아야겠네."라고 현실을 얘기해 주기도 한다. 엄마가 할 수 있는 것은 조력자의 위치에서 아이와 대화하는 것이다.

엄마라고 해도 아이가 되고 싶은 것들이 무엇인지 찾아가도록 조력자의 역할이 되어 줄 수는 있겠지만 무엇이 되기를 선택하거나 강요할 수는 없을 것이다. 아이들의 진로를 결정하는 것이 엄마의 미션이 아니다.

엄마의 미션은 꿈을 잘 찾아갈 것이라고 믿어 주며 아이를 지지해 주고 자존감을 세워 주는 것이다. 또 그것이 왜 되고 싶은지 가치를 짚어 보게 하고 참다운 가치를 찾게 하는 것이다. 그것을 이루어 갈 수 있도록 심력을 키워주고 그 길을 응원해 주는 것이 엄마가 해야 할 일임을 기억하자.

엄마도 모르는 길을 아이에게 묻지 마라

×
×
×

별 하나에 추억과

별 하나에 사랑과

별 하나에 쓸쓸함과

별 하나에 동경과

별 하나에 시와

별 하나에 어머니, 어머니

내 오래된 스프링 노트 첫 장에 적혀있는 시이다. 문학소녀의 기질이 다분했던 중·고등학교 시절, 윤동주의 '별 헤는 밤'을 읽고 또 읽었던 나는 '별과 하늘과 시'를 좋아했다. 윤동주 시인의 시를 첫 시작으로, 감명 깊었던 문구들과 시와 함께 나의 자작시들을 노트에 적어갔다. 그러면서 내 꿈은 자연스럽게 국어 선생님이 되었다. 성장하면서 국어 선생님이 되는 문턱이 높다는 것을 알았다. 어쩌면 타협점을 찾아 실현 가능성에 초점을 맞추며 유아교육의 길이 더 크게 다가왔는지도 모른다.

그러나 지나와 보니 나는 참 탁월한 선택을 하였고, 내 길을 맞게 찾아 걸어왔다. 유아교육과 교육, 그리고 상담은 내가 걸어온 길, 걸어갈 길, 걸어가고 싶은 길이다. 지금은 시집을 자주 읽지는 못하지만 난 여전히 지하철에 장식된 시들을 보면 그곳에 한참 머물러 서서 시들을 감상한다. 여전히 나는 문학소녀이고 싶은가 보다.

몇 해 전에 있었던 일이다. 초등학교 1학년이 된 둘째 딸이 물었다. "엄마는 뭐가 되고 싶어?" 너무나 참신한 질문이었다. 다 큰 엄마에게 이런 질문을 할 수 있구나! 아이의 질문은 "엄마는 커서 뭐가 되고 싶었어?"가 아니었다. 현재 진행형 "엄마는 뭐가 되고 싶어?"였다.

사실은 그 질문은 내가 나에게 던지는 질문이었다. 너무나 많은 시간을 마음속의 나와 대화했었다. 아니 그 질문은 늘 현재진행형이다. 정확히 말하면 무엇이 되고 싶은지는 20년 전부터 노트에 적어 놓고 바라보고 있어서 명확하고 간절하지만, 구체적인 방향성에 대한 답은 희미하게만 내 안에 머무르고 있었다.

나는 유아교육을 전공하고 어린이집 교사의 길을 걸어가면서 또 다른 꿈이 생겼다. 그 길에 서 있었기에 품을 수 있었던 비전이었다. 아이들에게 영향을 끼치는 어른들에게 영향력을 주는 사람이 되고 싶었다. 또한 가정과 사람들의 마음을 세우는 사람이 되고 싶어 교육학과 상담 공부하기를 열망하게 되었다. 20대 중후반 일을 하면서 다시 교육학 공부를 시작했고 그 후 결혼해서 대학원에 들어가 교육학을 전공하며, 관심 있었던 아동학과 상담 과목의 수업을 들으며 꿈을 준비하게 되었다.

공부 할 때는 박사과정까지도 하면 좋겠다는 생각도 했었다. 하지만 육아 세상에 있다 보니 지금은 언제 그렇게 공부를 했었나 싶게 까마득해졌다. 엄마가 되고 나니 나에게 투자할 기회비용이 있다면 이곳저곳 써야 할 곳도 많아졌다. 그러기에 이제는, 하고 싶은 실제적인 일에 대해 고민을 하게 되었다.

결국에는 사람들의 마음과 가정을 세우고, 아이들에게 영향력을 끼치는 어른들을 만나는 것인데, 그 길을 어떻게 찾아갈지를 늘 고민했었다. 어쩌면 그때를 한참 뒤로 계획해 놓고 아이를 키우면서 마음속으로 구상하고 묻는 말이라, 더 간절하고 막연했던 것 같다. 그럴 때마다 아직 일할 때는 아니라고 마음먹었기에 아이들을 키우며 내가 할 수 있는 것들을 준비하자고 생각했다.

관심 분야의 책을 읽었다. 또 마음과 뜻이 맞는 지인들과 매달

책을 정해 읽고, 한 달에 한 번씩 만나 나누는 독서모임을 십 년 넘게 진행하고 있다. 그리고 교육청에서 실시하는 학생상담 자원봉사자를 알게 되어 지원한 후, 일련의 심사와 교육과정을 거쳐 초등학교 6학년 친구들을 만나 집단 상담을 하고 있다. 코로나로 아이들을 만나는 것은 무기약 보류 상태이지만 아이들과 나누는 시간에서 보람과 가치를 느낀다. 또 마음 사용법을 공부하며 동화로 자신의 마음을 만나는 동화 심리상담사를 마치고 사람들을 만나며 내가 진정으로 하고 싶은 일들을 하나씩 열어가고 있다.

한 친구는 나와 통화 중에 자기의 딸이 이상한 거 아니냐며, 어떻게 초등학교 고학년씩이나 돼서 이렇게 맨날 꿈이 바뀌느냐고 하소연을 했다. 뭐가 되고 싶으냐고 물어보면 우물쭈물하기만 하고, 어렵게 하나를 얘기하고 나면, 또 얼마 지나지 않아 꿈이 바뀌어 있으니 이래도 되겠느냐는 것이다. 웃음이 나왔다. "너는 뭐가 되고 싶었니? 그 대답이 그렇게 쉽니?"라는 내 말에 친구도 공감했는지 함께 웃었다.

나는 감히 딸들에게 뭐가 되고 싶은지 묻지 않는다. 그게 물으면 자판기에서 캔 음료가 나오듯 딸가닥하고 나올 수 있는 질문이란 말인가? 난 아직도 끊임없이 나에게 묻고 답을 찾아가고 있는데, 이렇게 어린 딸들에게 마치 답안지가 있는 질문을 하듯 쉽게 물을 수 없는 것이다.

엄마는 뭐가 되고 싶냐는 아이의 질문에 처음에는 정면승부의 답을 하지 못했다. "엄마는 엄마가 되고 싶었지. 그래서 행복하게 너희들의 엄마가 되어있지."라고 말했다. 이 대답은 내 진심이기도 했지만 왠지 '꿈은 이루어지는 거야!'라는 본보기가 되어야 한다는 무의식에서 대뜸 나온 대답인지도 모르겠다. 그래서 구차한 말들이 이어졌다. "엄마는 유치원 선생님이 되고 싶었어. 그래서 아이들을 가르쳤지. 지금은 너희들을 키우고 있고."라는 답을 하고도 뭔가 비겁한 변명을 늘어놓는 것 같았다.

딸은 '엄마는 뭐가 되고 싶었느냐'고 묻지 않았다. '엄마는 뭐가 되고 싶은지' 물었다. 나는 정직하게 딸 앞에서 진심을 토했다. "엄마는 사람들의 마음을 만지고 세우는 사람이 되고 싶어. 소중한 아이들이 더 건강하고 행복할 수 있도록, 아이들에게 영향력을 주는 사람들을, 가르치고도 싶어. 그래서 엄마는 지금도 준비하고 있고 길을 찾고 있어." 말이 길어진 엄마와는 다르게 딸은 씩 웃으며 간단명료한 한마디를 남기고 사라진다. "엄마는 그런 사람이 될 수 있을 거야."

심중에 오랜 시간 늘 품고 있는 꿈이 있는 나조차도 꿈을 물어보는 아이에게 바로 대답하지 못했다. 아마도 면피하고 싶었는지도 모른다. 어른인 내가 이렇다면 아이들은 어떨까? 천방지축 대통령이 되겠다고 말할 수 있을 때면 좋으련만, 조금만 더 크면 그렇게 말할 수 없다는 것을 아이들도 알게 된다. 그러니 누군가 너는 어떤 길을 가고 싶은지, 꿈을 물어오면 덜컥 겁이 나는 것이다. 우선은 자기가 어떤 길을 가고 싶은지는 고사하고, 내가 누군지 조차도 잘 모른다. 내가 무엇을 좋아하고 잘하는지 계속 알아가야 하는 나이가 아닌가? 설령 알고 있다고 해도, 내가 꿈꾸는 내가 될 수 있을지 아이들도 미지수이기 때문에 섣부르게 말하지 못한다. 그 마음을 너무나도 잘 알겠기에 나도 모르는 길을, 나는 아이에게 물을 수가 없다.

어느 만큼을 걸어간 후에, 다음 길이 보인다. 때로는 걷다 보면 여러 갈래 길이 눈앞에 펼쳐져, 갈래 길 앞에 멈추어서 생각해야 한다. 그리고 어느 길을 선택할지 한참을 고민한 후 걸어가야 한다. 그렇게 심사숙고하고 걸었음에도 불구하고, 갔던 길을 되돌아와 다른 방향으로 다시 걸어가야 하는 일도 생긴다.

그런데 걸으면서 알게 된다. 길은 걸어가는 것만이 중요한 것이 아니라, 걸어가면서 무엇을 보았느냐가 중요하다는 것을. 걸으며 보게 된 모든 것들이 나의 눈이 되어 시야를 넓혀주고, 잘못 걸어갔다 온 길 같지만 그 걸음이, 걷는 힘의 근력이 되어준다.

아이에게 길을 알고 있는지 수시로 물으며, 정답지를 들고 있는지 확인하지 말자. 정답이 있듯 오직 한 길만으로 걸어가기를 바라

지도 말자. 인생이라는 여행지에서 내가 가야 할 오직 한 길은 없고, 잘못 다녀온 길도 없다고 생각한다면 아이는 잘 가고 있는 것이다. 우리도 여전히 찾으며 물으며 가고 있지 않은가? 나도 알지 못하는 길을, 아이에게 묻지 말고 간단한 이 한마디면 족할 것 같다. "넌 그런 사람이 될 수 있을 거야." 딸이 내게 가르쳐 준 한마디이다.

제 2 장

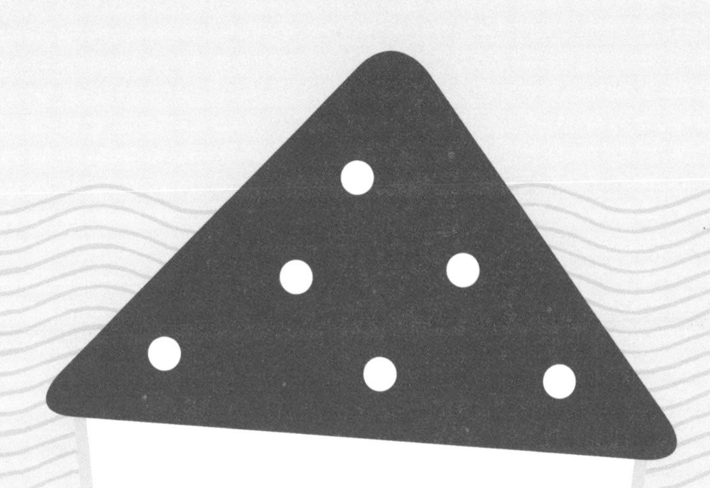

엄마와 아이는 서로를 비추는 거울이다

엄마의 미소가 아이를 키우는 영양제다

'두 줄이다. 정말 두 줄이다.' 테스트기에 두 줄을 확인한 새벽에, 나는 너무 설레어서 다시 잠들 수가 없었다. 이 사실을 담고 있을 수가 없어서 자고 있는 남편의 귀에 대고 "임신이래요." 들릴 듯 말 듯 속삭였다. 잠이 들면 무슨 일이 일어나는지 모르고 자는 남편인데, 임신이라는 말에 눈을 번쩍 떴다. 우리 부부는 그날 새벽 다섯 시에 다시 잠들 수가 없었다. 서로 축하해 주고 감사 기도도 하며 기쁜 시간을 보냈다. 그 덕분에 잠이 다 깨어 남편도 이른 출근을 했고, 나도 언니에게 물려받아 가지고 있던 두꺼운 임신가이드북을 살펴보며 하루를 시작했다.

생명이 내게 찾아왔을 때 얼마나 기쁘고 신기했는지 모른다. 그리고 이 신비스러운 일을 돈으로 살 수 있을까? 라는 생각을 많이 했었다. 열 달을 품어 처음으로 생명을 품에 안았을 때의 경이로움을, 엄마라면 누구나 기억할 것이다.

아이가 하나에서 둘이 되었다. 친언니가 어린 두 아이를 데리고 힘들다고, 네 살이 된 큰아이를 어린이집에 보내라고 권했다. 둘째도 돌보고 있어 어린이집을 보내기로 선택했으나 큰아이의 예쁜 모습을, 누군가와 나눠 볼 생각을 하니 아깝다는 생각이 들 정도로 첫 아이를 향한 사랑이 깊었다. 사랑과 미소로 첫아이를 길렀다.

어린이집을 보낸 뒤 선생님이 항상 하시던 말씀이 "아이가 표정이 살아있어요. 표정으로 말해요. 반짝반짝 빛나요."였다. 또 원장선생님께서는 "서은이를 보고 있으면 공들여 키운 아이 같다는 생각을 하게 돼요. 아이가 말하는 것을 보면 알 수 있는데 어쩜 그렇게 친구들에게도 따뜻하게 말하는지 몰라요."라고 말씀해 주셨다.

또 어떤 날은 서은이가 친구들을 부르더니 "친구들아, 우리 대화하자."라고 말했다고 한다. 친구들은 "대화가 뭔데?"라고 물었다 한다. 옆에 있는 선생님도 네 살 아이가 대화라는 표현을 써서 신기하기도 하고 또 친구들의 물음에 뭐라고 답을 할까 궁금해서 지켜보았다고 하셨다. "대화는 서로 눈을 바라보면서 서로의 생각을 이야기하는 거야."라고 답을 하는 서은이의 설명을 듣고 선생님이 깜짝 놀랐다고 하시면서 전해 주신 이야기였다.

그 후로도 원장선생님께서는 "서은이는 정말 공들여 키운 아이 같아요."라는 말씀을 자주 하셨다. 나는 오히려 아이 하나 키우며 너무 유별나게, 귀한둥이로 키우지 않겠다는 나만의 안전장치로 새 옷보다는 물려주신 옷을 감사히 입히려고 했었다. 그래서 그런 말들이 처음에는 생경하고 쑥스럽기만 했다. 볼 때마다 그 얘기를 해주시는 원장님의 말씀을 들으며 '그래, 우리 서은이 공들여 키웠지. 얼마나 눈을 맞추며 사랑을 먹였는데 엄마의 미소로 우리 서은이 입히고 먹였지."라는 생각이 들었다.

그랬던 내가 어느덧 아이들이 초등학생이 되고 보니 마냥 바라보며 웃는 일이 줄어든다. 둘째 딸이 엄마를 부른다. 연이어 막내가 엄마를 또 부른다. 식사를 준비하는 엄마의 손놀림이 바빠, 아이들에게 뒤통수만 보인 채로 아이 말에 대답하게 된다. 그날도 주방에서 분주하게 저녁을 준비하고 있었다. 초등 2학년인 둘째 딸이 엄마를 부르며 막춤을 춘다. 아이를 보고 웃으면서 "뭐야? 너무 웃긴 춤인데."라고 말했다. 내 딴에는 성의껏 반응했다고 생각했다. 그런데 "엄마 제대로 보지도 않고 말해." 하는데 속이 들킨 것처럼 뜨끔했고 아이가 그렇게 느꼈다고 생각하니 미안했다.

어디 그뿐이겠는가! 다둥이 엄마는 같은 말을 아이 수만큼 하게 될 때가 있다. 놀고 난 후 정리하고 식사하자는 말을 몇 번을 외쳐도 움직이지 않는 딸들을 향해, 하고 있던 일손을 멈추고 이글거리는 눈빛으로 레이저를 쏜다. 아기 때 하염없이 사랑을 담아 바라보던 엄마의 눈빛이 아니다. 이 눈빛은 강력한 언어가 되어 아이들을 제압한다. 아이들은 얼음이 되어 움직인다. 뒤늦은 반성을 하는 때는 아이들이 다 잠든 후 바쁜 숨을 고르고 나서다.

하버드대 어린이 발달대학 소장을 역임한 트로니크(Edward Tronick) 박사가 엄마의 표정에 대한 중요성을 밝힌 실험이 있다. 실험을 위해 5개월 정도 되는 아기는 유모차에 앉아 있고 엄마는 그 앞에서 눈을 맞추며 미소를 짓기도 하고 아이의 옹알이에 맞추어 반응하며 대화를 하고 있다. 엄마의 미소에 아이도 까르르 웃으며 발을 구른다. 아기가 손을 뻗어 어딘가를 가리키면, 엄마는 아이가 가리키는 곳을 바라보며 아이의 행동에 반응한다.

그런데 일순간 엄마의 태도가 달라진다. 사전에 트로니크 박사가 지시한 대로 굳은 표정으로 아이를 바라본다. 아이는 아주 빨리 이 상황을 알아차리고 순간 경직된 표정을 짓더니 바로 엄마의 굳은 표정에서 눈을 돌려 딴 곳을 바라본다. 그리고 다시 엄마를 쳐다보는데 엄마의 표정은 여전히 굳은 표정이다.

아이는 좀 전처럼 엄마에게 까르르 웃어본다. 엄마의 표정에 변화가 없자 다시 한번 손가락으로 좀 전에 가리키던 곳을 가리켜 본다. 여전히 엄마가 반응이 없자 어떻게든 반응을 일으키기 위해 아기는 양손을 내밀어 안아 달라고 한다. 엄마는 여전히 반응이 없는 굳은 표정으로 아이를 바라본다.

아이는 더 이상 참지 못하고 마치 "엄마 왜 그래?"라고 말하듯 날카로운 소리를 지른다. 엄마의 반응 없는, 굳은 표정이 지속되는 동안 아이는 부정적인 감정을 드러내기도 하고 고개를 돌리기도 하다 결국엔 자세에 대한 통제력을 잃고 온몸을 비틀며 운다.

실험을 통해 2분 정도 되는 엄마의 굳은 표정에서 아이는 엄청난 스트레스와 부정적인 감정을 느끼게 되고, 자기 통제력을 잃는 것을 보게 된다. 실험이 끝나자 엄마가 "아가야 괜찮아."하며 미소로 아이를 바라보자 아이가 바로 그렁그렁 눈물이 맺힌 눈으로 엄마를 보며 밝게 웃는다. 이 실험이 바로 '반응 없는 얼굴 실험'이다.

우리나라에서도 비슷한 실험이 실행되었다. 〈스트리온 우먼쇼〉에서 실험한 '웃는 엄마 vs 무표정 엄마' 실험이다. 7~9개월 되는 네 명의 아기를 대상으로 한 실험에서는 아이와 엄마를 시각 벼랑을 사이에 두고 떨어뜨려 놓았다. 시각 벼랑은 두 개의 책상 사이에 유리를 놓아 낭떠러지처럼 보이게 한 장치를 말한다. 시각 벼랑을 사이에 두고 반대편에서 엄마가 무표정한 굳은 표정으로 아이를 불렀다. 아이는 엄마를 발견하고 반가워서 엄마에게로 막 기어간다. 그러나 유리판 앞까지만 기어가다 낭떠러지를 발견하고 멈춘다. 결국, 낭떠러지와 엄마의 굳은 표정을 번갈아 보더니 몸을 돌려 포기하고 만다. 성별과 기질이 다른 네 명의 아기가 모두 동일하게 반응하였다.

이번에는 엄마가 미소를 지으며 아이를 불렀다. 그러자 아이가 시각 벼랑을 보고도 엄마의 미소에 눈을 맞추며 함박웃음을 지으며 주저함 없이 타박타박 기어서 엄마에게 기어간 것이다.

엄마의 눈빛, 미소, 이것들은 언어보다도 강력한 힘을 나타낸다. 엄마의 미소는 아이의 벼랑 같은 환경에서도 걸어갈 힘이 되어 준다. 세상의 전부가 되어 그 어떠한 것도 흔들지 못하는 지지대가 되어준다. 엄마의 미소는 아이를 키우는 음식이 되고 아이의 동력에 힘을 주는 영양제가 되는 것이다. 돌아보면 그 미소로 아이를 키운 것 같다. 그리고 아이의 미소가 나를 여기까지 오게 한 것 같다.

아이들은 거울을 통해 자신의 모습을 보지 않는다. 아이들은 엄마의 표정으로 자신을 만난다. 엄마의 성난 얼굴에서 자신의 존재에 대한 거부감을 느끼고 엄마의 미소에서 자신을 향한 자긍심을 얻는다.

아이들은 많이도 자랐고 아이들의 세상도 그만큼 커졌다. 아이들은 지금도 크고 작은 각자의 낭떠러지들을 경험하며 살아간다. 그리고 그 낭떠러지 앞에서 엄마를 바라본다. 난 다시 눈을 돌려 아이들을 바라보며 아이에게 눈을 맞추며 미소 지으려 한다. 속싸개에 쌓여 내 품에 안긴 아기를 마냥 사랑스러운 눈빛과 미소로 바라보던 그 미소 그대로!

엄마의 뒷모습을 보며 자라는 아이들

큰아이가 초등학교 4학년 때의 일이다. 학교가 끝나고 집에 올 시간이 되었는데, 전화도 없고 도착 시간이 늦어졌다. 그날은 하교 후 같이 가야 할 곳이 있어 시간 약속이 되어 있는 상황이었는데 아이가 오지 않았다. 동생들은 다 준비하고 있고 제일 수업이 늦게 끝나는 큰아이만 도착하면 바로 출발할 상황이었다.

그런데 큰아이가 오지 않으니 약속 시간에 늦을까 봐 애가 탔다. 학교 가기 전, 일정을 얘기하고 몇 번을 당부하고 보내지 않았던가? 평소 같으면 도착할 시간이 지났는데도 오지도 않고 전화까지 받지 않는 딸을, 발을 동동거리며 기다리고 있자니 화가 났다.

드디어 도착한 딸을 붙들고 소리가 높아진다. "서은아 오늘 약속 있는 거 생각 못 했어? 엄마가 끝나면 바로 오라고 했잖아. 전화도 안 하고, 전화해도 안 받고 시간이 이만큼이나 지났는데 이제 오면 어떡하니? 학교는 진작 끝났는데 왜 늦은 거야?" 하며 꾸중을 했다.

"그게… 전화기는 학교 끝나고 켜는 걸 까먹었고요. 집에 오는 길에 한 아이가 길을 찾고 있어서 말로 가르쳐 주었는데 어려워해서, 내가 아는 곳이라 그곳까지 데려다주고 오느라고요." 딸아이의 대답을 듣는데 기가 막혔다. 지금 그럴 때란 말인가? 딴 때 같으면 좋은 일 했다고 칭찬을 해 주었을지 몰라도 그날은 그럴 상황이 아니었다.

엄마의 연설이 시작됐다. "서은아 남을 돕는 일도 좋은 일이고 어린 동생이 걱정되어서 챙겨 준 것은 이해가 가지만 상황을 생각해야지. 오늘이 무슨 날이야? 엄마가 아침에 몇 번이나 얘기했니? 늦지 않게 가야 하니 학교 끝나면 바로 오라고 했잖아. 서은아 오드리 헵번 좋아하지? 오드리 헵번이 자녀에게 들려준 말이 있어. 바로 네 한 손으로는 너를 돕고 다른 한 손으로 남을 도우라는 말이야. 서은아 다른 때 같으면 충분히 도와줄 수 있는 일이지만 오늘은 서은이가 끝나자마자 와서 서둘러 가야 하는 상황이잖아. 그런데 다른 사람을 돕는다고 서은이의 상황은 생각도 않고 이렇게 늦으면 어떻게 하니?"

딸에게 들려준 부분은 오드리 헵번이 죽기 몇 달 전, 크리스마스 이브에 두 아들에게 들려주었다는 샘 레븐슨(Sam Levenson)의 시 마지막 부분이다. 그런데 아이에게 들려주고 있는 그 말이 갑자기 내게 들려졌다. '나는 양손을 펼쳐 균형 있게 남을 돕고 또 나를 돌보고 있나?'라는 생각이 들었다.

이렇게 말하는 나도 울면서 걸려온 전화를 받아주느라 식사 때를 한참 놓친 후에야, 아이들에게 늦은 저녁을 차려주지 않았던가? 아이들의 행복 메뉴인 라면을 끓여 주었던 어떤 날은, 라면을 먹고 있으니 나중에 다시 전화하라고 말하지 못하고, 괜찮다고 말하며 힘들어하는 누군가의 전화를 받아주느라, 결국 퉁퉁 불은 라면을 먹지 못하고 버려야 했던 내가 아닌가? 굳이 약속을 잡고 싶지 않아도 나를 생각하기보다 나를 필요로 하는 그를 위해 나의 시간을 내어주지 않았던가? 아이에게 하는 말이 내 귀에 들리자 주마등처럼 나의 모습들이 스쳐 지나갔다.

책가방을 메고 먼 곳까지 다녀와 볼이 발그레한 아이의 모습을 보며 나는 격양된 마음을 가라앉히고 아이들을 챙겨 발걸음을 재촉했다. 그날 이동하는데 아이들은 들려주는 말이 아닌 부모의 뒷모습을 보고 자란다는 말이 가슴에 계속 맴돌았다.

아이들이 어릴 때의 일이다. 지인들과 아이들을 데리고 놀이터에서 놀 기회가 있어 같이 모여서 시간을 가질 때가 있다. 헤어질 때가 되면 아이들은 아쉬워 "엄마, 우리 집에 다 가서 놀면 안 돼?"

하고 묻는다. 그러면 엄마들은 급작스러운 상황에 다들 당황하며 상황을 피하기에 바쁘다. 준비해 놓고 나온 상황이 아니니 서로 눈치를 보게 된다. 그럴 때면 웃으며 하는 예사말이 "우리 집 폭탄 맞았어."였다. 그러면 다들 무슨 말인 줄 아니 공감하며 웃는다.

그런데 어느 날 같은 상황이 펼쳐졌는데 내가 대답하기도 전에 일곱 살인 큰아이가 "우리 집 폭탄 맞았어요."라고 말하는 것이다. 그날은 여유가 있어 집안을 깨끗하게 정돈해 놓고 나온 날인데 아이가 반동처럼 질문에 대답하는 모습을 보면서 깜짝 놀랐다. '우리 아이들이 다 듣고 있구나.'라는 생각을 하게 되었고 다시 한번 우리 아이들이 항상 보고 듣고 있다는 것을 잊지 말아야겠다고 생각하는 시간이었다. 신성일 저자의 《내 아이에게 가장 주고 싶은 5가지 능력》이라는 책에도 한 실험을 통해 어른의 모습을 보고 배우는 아이들에 대해 잘 나와 있다.

어른의 행동을 보고 나타나는 유아의 반응을 알아보는 실험이다. (2017년 9월 22일 국제 학술지 <사이언스>) 실험은 세 그룹으로 나누어 이루어졌다.

첫 번째 그룹 유아들에게는 어른들의 노력하는 모습을 보여주었다. 어른이 상자에서 장난감을 꺼내고 힘겹게 분리하는 모습을 보여주었고, 두 번째 그룹 유아에게는 어른들이 아무 노력 없이 쉽게 장난감을 꺼내고 분리하는 모습을 보여주었다. 마지막 세 번째 그룹 앞에서는 어른들이 아무런 행동도 하지 않았다. 이 세 유형의 그룹을 관찰한 아이들도 각각 다르게 반응한 것으로 나타났는데 그중에서 첫 번째 그룹의 유아의 모습을 들려주고 싶다.

음악을 듣기 위해 버튼을 누르는 미션이 아이들에게 주어졌는데 첫 번째 그룹의 유아들이 버튼을 누르는 횟수가 상대적으로 높게 나온 것이다. 즉 노력하며 무엇인가를 해 낸 어른들의 모습을 본 유아는 자신에게도 어떠한 일이 주어졌을 때 마찬가지로 노력하는 모습을 보여주었다. 첫 번째 그룹의 유아에게서 인내, 끈기가 상대적으로 높다는 결과가 나온 것이다. 이 실험을 통해 어른의 행동으로 아이들의 인내와 끈기가 길러진다는 것을 볼 수 있다. "인내해라. 노력해라."라는 말보다 그런 모습을 담고 있는 행동을 보여 주는 것이 교육적 효과가 더 높다는 것을 알 수 있는 실험이다.

엄마가 아무리 아이에게 "책이 얼마나 재미있는 줄 아니? 책은 참 좋은 거야."라고 말한다 해도 엄마가 즐겁게 보고 있는 핸드폰에 아이의 눈이 가기 마련일 것이다. 열 마디의 말이 필요가 없다. 엄마가 아이에게 책을 들려주며 책이 얼마나 즐겁고 유익한 것인지 경험하게 해 주면 된다. 아이가 책 세상으로 갈 수 있도록 다리가 되어 주는 것이다. 아이가 성장하여 스스로 책을 읽을 시기가 된다면 엄마가 책과 벗 삼아 노는 모습을 보여주자. 아이는 그 모습 속에서 책은 재미있는 것, 좋은 것이라고 생각할 것이고 엄마 옆에서 함께 책을 볼 것이다.

"너 요즘 말을 왜 이렇게 못되게 하니? 너 왜 이렇게 소리를 지르면서 얘기해? 엄마가 말은 예쁘게 하는 거라고 했지."라고 아이를 다그치기 전에 나의 뒷모습을 점검해 보는 것은 어떨까? 약속을 잘 지키는 아이로 자라나기를 원한다면 "약속은 중요한 거야. 약속은 꼭 지켜야 하는 거야."라고 가르치기보다 엄마가 먼저 아이와의 약속을 소중히 여기는 모습을 보여주자. 그것이 소리 없는 말이고 강력한 메시지가 될 것이다.

엄마의 말이 아닌 뒷모습을 보고 자라는 아이들에게 나는 무엇을 비추고 있는가? 아이가 아름답게 성장하기를 원하는 모습이 있다면 이제 말을 거두고 내가 먼저 아름다운 모습의 옷을 입자. 내 아이를 위하여!

훈육보다 더 중요한 배려로 키우는 육아

초등학교 2학년 때의 일이다. 여느 때처럼 동네 친구들과 삼삼오오 모여서 학교로 가고 있었다. 그런데 그날따라 또래, 언니, 오빠 할 것 없이 모두 자꾸 나를 쳐다보았다. 이상하다 싶을 정도로 여기저기서 쳐다보는 시선을 느끼며 등교했다. 학교에 가서야 알게 되었다. 내가 가방을 안 메고 실내화 주머니만 들고 등교를 한 것을. '이럴 수가!' 나는 앞이 깜깜하고 당혹스러웠다. 아직 수업을 시작하려면 시간이 남아 있었다. 집에 전화해도 소용없다는 걸 알면서도 지푸라기를 잡는 마음으로 부랴부랴 전화했다. 천만다행으로 엄마가 전화를 받으셨다.

엄마를 기다리는 1분 2분이 너무나도 길게 느껴졌다. 당혹스러움과 지각하면 어쩌나 하는 걱정과 함께 엄마가 가방을 가지고 오신다는 안도감이 뒤섞여 눈물이 주르륵 흘렀다. 다른 때 같으면 벌써 나가셨을 엄마가 나 때문에 괜한 고생을 하신다는 생각에 죄송하고, 또 한편으로는 엄마에게 혼날 생각에 앞이 캄캄했다.

드디어 가방을 든 엄마가 도착했다. 울고 있는 나를 보고 "왜 울고 있어? 괜찮아. 얼른 들고 들어가. 오늘 잘 보내고."라고 말씀해 주셨다. 혼이 나도 당연하다고 생각했던 나는 엄마에게 너무 고마웠다. 엄마는 아셨던 것이다. 엄마가 혼내지 않아도 아이가 가방을 기다리는 시간, 이미 혼쭐이 났다는 것을. 앞으로 가방을 잘 챙겨 다니라고 가르치지 않아도, 아이는 학교 갈 때 몇 번이나 가방을 잘 챙겼나 확인하고, 누군가 스쳐 바라만 보아도 등에 메고 있는 가방부터 다시 확인하리라는 것을.

보통, 아이가 바르게 자라고 잘되라고, 아이를 가르치고 혼을 내는 것을 훈육이라고 쉽게 생각한다. 바른 것을 가르쳐야 한다는 생각이 앞서 때로는 아이의 마음에 대한 배려는 배제하는 경우가 있다. 나의 가방 사건처럼 아이들은 이미 벌어진 상황이나, 자기의 실수를 통해 상당 부분 필요한 메시지들을 깨닫는다. 이미 그 과정을 통해 당혹감과 후회를 경험하며 자신만의 메시지를 얻는 경우들이 왕왕 있는 것이다.

놀고 싶어서 앞뒤 살피지 않고 뛰어들다 시퍼렇게 멍든 무릎이, 아이에게는 몸으로 얻은 교훈이 됐을 것이다. 엑스표가 가득한 시험지가 거저 얻어지는 것은 없다는 가르침이 되어 줄 수도 있을 것이다. 그 모든 일련의 과정을 통해 아이는 스스로 배워 가고 있다.

그런데 이럴 때마다 엄마들은 그냥 보고 넘어가기가 힘들다. "조심하라고 했지? 그러니까 다치지?" 하고 혼을 내거나 "엄마가 뭐라 그랬어? 너 그렇게 놀기만 하면 시험 못 본다고 했지? 세상에 거저 얻어지는 것이 있는 줄 아니?"라고 쏟아낸다. 훈계를 가장한 화를 쏟아 내는 것이다. 아이에게 얼마만큼 들려질지 모를 말들을 정신없이 쏟아내느라 아이 스스로 교훈을 얻을 시간을 주질 않는다. 이미 상황에서 가르침을 받은 아이에게 엄마가 할 수 있는 훈육은 그 가르침을 얻기 위해 애를 먹었을 아이를 배려하고 보듬는 것이다. 그것이 최상의 훈계가 되어 주며 울림이 있는 메시지가 되어 줄 것이다.

옛 선조들은 회초리를 고운 보자기에 싸서 되도록 높은 곳에 올려놓으셨다고 한다. 회초리를 꺼내는 시간, 보자기를 푸는 시간을 통해 감정을 다스리고, 생각과 말을 정리한 후에 바른 훈계를 하기 위함이다. 그만큼 감정이 다스려지지 않는 화를 담고 있는 것은 훈계가 아니라는 교훈을 담고 있는 행동이다.

누군가의 화가 나에게 가르침이 되는 경우는 드물다는 것을 우리는 알고 있다. 대부분의 경우 화는 화를 부른다. 부부 사이를 보자. 아내의 실수나 잘못을 보고 남편이 화를 내며 잘하라고 말한다면 남편은 아내에게 사과를 받아 내거나, 깨달음을 주어서 고맙다는 인사를 받기는 힘들다. 남편은 목적 달성은 이루지도 못한 채 아내가 청하는 제2라운드를 시작하게 될 것이다.

화를 담고 있는 메시지는 가르침을 주기 힘들다. 화는 화일뿐 훈계가 아니기 때문이다. 무엇보다 그것을 받는 상대는 정확하게 알고 있다. 아이들에게도 마찬가지이다. 엄마가 화를 가득 담고 "이렇게 하면 되겠니? 저렇게 하여라."라고 연설을 하여도 그것은 교훈과 깨달음을 주는 것이 아니라 아이의 마음을 다치게 하거나 자존감에 상처를 입히게 된다. 부모의 훈계를 가장한 화가 아이들의 마음속에 원망과 분노를 쌓이게 하는 원인이 된다고 교육전문가들은 말하고 있다. 어린 자녀는 부부처럼 대등한 관계가 아니기 때문에 같이 화를 낼 수는 없다고 하여도 그것들을 마음에 쌓아두게 된다. 성장하고 힘이 생기면 그 안에 담긴 분노들이 표출하여 많은 문제를 낳는 것을 보게 된다.

둘째 아이가 초등학교 2학년 때의 일이다. 거짓말을 해 엄마에게 혼이 났다. 아무리 잘못한 일도 정직하게 말했을 때는 혼나지 않지만, 거짓말을 했을 때는 혼이 난다는 것을 알고 있었다. 거짓말은 절대 안 되는 것으로 알고 자랐는데 아이가 거짓말을 한 것이다. 처음 있는 일이었다. 절대 그냥 넘어가서는 안 된다는 마음이 들었다. 초등학교 2학년인 딸이 처음 하는 거짓말은 너무나도 어설펐고 엄마 눈에는 단번에 보였다. 진실하게 말하면 용서해 주겠다는 엄마의 말에도 아이는 끝까지 거짓말이 아니라고 했다. 결국 보자기에 곱게 싸 놓은 회초리를 꺼내 들었다. 그날 아침 아이는 엄마에게 혼이 나고 학교에 갔다. 거짓말은 해서는 안 되는 일이기 때문에 필요한 훈육이라고 생각했다. 아이에게도 거짓말은 안 되는 것이기에, 혼나는 것이라고 설명했고, 다시는 하지 않기로 다짐을 받았다.

아이를 학교에 보내고 시간이 지나도 마음이 좋지 않았다. 거짓말을 안 하는 딸이 왜 그랬을까? 부끄럽게도 나는 그때에야 비로소 그런 생각을 하게 되었다. 아까는 눈앞에 훤히 다 보이는 거짓말을 하는 딸이 기가 막혔고 계속 아니라고 버티는 모습이 나의 화를 돋우었다. 그냥 넘어가면 안 된다는 생각이 가득했다.

그런데 깨달았다. 아이가 왜 거짓말을 해야 했는지. 아이의 마음과 상황을 묻지 않았다는 것을. 그리고 엄마가 내준 미션을 제대로 하지 않고 했다고 거짓말한 딸은 엄마에게, 엄마가 내주는 미션이 힘들다고 말했었다는 것을.

아이의 마음을 들어주지 않고 그때마다 "그건 해야 해"라고 말했었다. 아이에게는 거짓말이 아니고서는 피할 방법이 없었던 것이다. 아이를 향한 배려가 없었던 엄마의 미션이 부른 거짓말이며, 엄마의 배려가 없는 혼냄이었다. 아이를 향한 배려가 있었다면 왜 거짓말을 할 수밖에 없었는지, 혼내기 전에 물었을 것이다. 훈계하기 전에 아이의 마음을 헤아려 주고 아이와 대화를 하며, 아이가 할 수 있는 미션으로 조정할 수 있었을 것이다. 감정이 고조되어 있었고 가르침만 앞서 있었다.

'훈육'의 사전적 의미는 '품성이나 도덕 따위를 가르쳐 기름'이라고 나와 있다. '혼나다'의 사전적 의미는 '매우 놀라거나 힘들거나 시련을 당하거나 하여서 정신이 빠질 지경에 이르다.'라고 나와 있다. 쉽게 혼용되어 쓰이고 있는 두 단어의 뜻은 명백히 다르다.

딸이 엄마에게 정신이 빠질 정도로 혼쭐이 나고 학교에 가고 나서야 깨달았다. 진정한 훈계로 교훈과 가르침을 주었을 때는 마음이 뿌듯하고 따뜻하지만, 화를 품은 혼을 내고 나서는 나 또한 정신이 빠진 사람처럼 마음 줄을 잡지 못한다는 것을.

아이가 학교에서 돌아왔을 때 마음 줄을 잡고 아이와 대화를 했다. 배려하지 못함을 사과하고 진정한 훈육을 위해 아이의 소리에 귀를 기울였다. 진정한 훈육은 배려하는 마음에서부터 시작해야 한다는 것을 마음으로 다짐하는 시간이 되었다.

엄마의 감춰진 슬픔이 아이의 감정을 억제한다

'행복해서 웃는 게 아니라 웃을 때 행복해진다.'라는 말이 있다. 참 유명한 말이기도 하고 많은 사람들이 좋아하는 말이기도 하다. 나 또한 참 좋아하는 말이다.

그런데 때로는 이런 말들 때문에, 울고 싶은 감정을 억누르며 사는 것은 아닌가 생각해 보게 된다. 억지로 '웃어야지, 좋게 생각해야지', '네가 이렇게 좋은 생각을 안 해서 안 되는 거야.' 하며 스스로 자책하고, 억지웃음을 지으려고 애쓰지는 않았는지 생각해 보고 싶다. 물론 억지로 웃는 것도 뇌가 진짜 웃음으로 오인해서 좋은 호르몬을 분비한다는 것이 뇌 과학적으로도 입증된 사실이며, 웃으면 항암 세포가 증가한다는 보고도 듣게 된다. 웃음이 좋은 회복 도구가 되어 주는 것이 사실이다.

그런데 그러다 보니 우리는 보이지 않게 울고 싶어도 울지 못하고, 노랫말 가사처럼 내가 웃어도 웃는 게 아닐 때가 있는 것 같다. 나도 참 내 슬픈 마음을 만나주는 것에 노련하지 못했던 사람이었다.

엄마가 그러하셨다. 엄마는 눈물이 사치처럼 느껴지는 삶을 사셨다. 엄마가 울어버리면 안 되기에 눈물을 꾹꾹 삼키는 삶을 산 것이다. 엄마는 오 남매의 막내인 나까지 다 출가시키고 난 후 불의의 사고로 인해 재활병원에서 지내게 되셨다. 병실에 모인 분들은 다 예기치 않은 사고로 재활병원에 오셨기 때문에 각자 구구절절한 사연들을 눈물로 이야기해 주신 적이 있었다. 그때 엄마는 딱 한마디만 하셨다. "전 눈물이 다 말랐어요. 울새가 없었네요." 그게 끝이셨다. 그런데 나는 그 한마디에 얼마나 많은 이야기와 세월이 들어 있는지 알 수 있었다.

엄마 나이 서른아홉 살이 된 어느 가을 저녁에 청천벽력 같은 소식을 듣게 되셨다. 아침에 출근한 아빠가 뺑소니 차량에 치여 교통사고로 사망하셨다는 소식이었다. 그때 나는 여섯 살이었고 내 위로는 네 살 터울의 오빠와 그 위로 두 살씩 터울이 지는 언니 셋이 있었다. 엄마는 하루아침에 홀로 어린 오 남매와 세상에 남겨진 것이다. 혼자의 몸으로 어린 자녀들을 키워야 했던 엄마는 당장 주어진 생계의 무게 앞에서 슬퍼할 겨를도 없으셨던 것이다. 어쩌면 엄마가 슬퍼하면 다 무너져 내릴 것 같아 슬픔을 꾹꾹 누르고 씩씩하게 살아가야 한다고 생각하신 것 같다. 남편을 떠나보내고 집에 돌아온 후 한 번도 남편을 잃은 슬픔으로 우신 것을 본 적이 없었다.

단지 노을이 지는 저녁, 막내인 나를 무릎에 앉혀놓고 먼 산을 넋 놓고 바라보시던 모습이 기억에 남아있다. 아마도 그때 알았던 것 같다. 혼자 감당하기엔 너무 큰 미망인의 슬픔을. 그 뒤로 난 무의식중에 엄마에게 슬픈 모습을 보이면 안 된다고 생각했던 것 같다. 엄마의 슬픔은 이것으로 충분하다고 느꼈기 때문일 것이다. 그런 엄마를 더 이상 슬프게 할 수 없어 나 또한 아빠를 잃은 슬픔을 한 번도 표현해 보지 못했고 엄마에게 늘 웃는 모습, 기쁜 모습을 보여 주어야 한다고 생각했었다. 그러다 보니 나는 나의 감정을 살피고 읽는 데 마음을 쓰지 못했다.

나와 비슷하게 자신의 감정에 둔한 삶을 사신 분이 계시다. 지금은 상담가로 많은 사람의 마음을 만지시는 삶을 사시지만 한때는 희로애락의 감정을 느낄 수가 없어 힘들어하셨던 분이시다. 이분의 엄마는 너무나 고운 분이셨다. 늘 단정하고 고운 옷을 입으셨고 딸이 소풍을 갈 때면 친구들 도시락과는 비교할 수 없는 정성이 담긴 도시락을 싸 주셨다. 딸 도시락뿐 아니라 선생님들, 친구들 것까지 넉넉하게 챙겨 주시는 오색빛깔의 도시락은 어디를 가나 인기 만점이었다. 친구들은 모두 너희 엄마는 어쩜 이렇게 예쁘시고 요리도 잘하시냐며 넌 이렇게나 사랑받아서 좋겠다고 했다.

하지만 본인은 그런 말에 전혀 공감되지 않았다고 한다. 한 번도 엄마의 사랑을 제대로 느껴 본 적이 없었다고 했다. 엄마는 단정한 옷매무새만큼 성격도 깔끔하셔서 크게 화를 내거나 잔소리를 하시는 성격도 아니시라고 했다.

그런데 그런 성격이 애정 표현에서도 똑같이 적용되어 살아오면서 엄마에게 사랑한다는 말을 들어보거나 스킨십을 받아본 적이 없다고 했다. 늘 언제나 같은 온도와 같은 거리가 있었다고 한다. 그래서 친구들이 그렇게 부러워할 때마다 빈껍데기 같은 마음이 들었고 그런 엄마 밑에서 성장하면서 자신도 엄마처럼 희로애락에 대한 표현을 하지 않는 사람으로 자랐다고 했다. 더 정확히 말하면 표현을 하지 않는 것이 아니라 감정을 느끼는 것 자체를 어려워한 것이다. 성장한 후 이런 감정 억제로 인한 여러 가지 폐단이 나타나 결국 상담 치료를 받게 되었고 지금은 누구보다 건강하게 자신의 감정을 표현하고 사람의 마음을 만나주는 삶을 살고 계신다.

가끔 이런 생각을 해 본다. 엄마가 강인한 가장이 되려고 눈물을 삼키지 않고 쏟아냈으면 어땠을까 하는 생각 말이다. 아마 엄마의 울음에 어린 자녀들도 참았던 눈물을 터트리며 줄줄이 눈물 바람이 되었을 수도 있겠다. 하지만 그런 애도의 시간을 충분히 보내고 서로의 슬픈 감정을 돌아보는 시간이 있었다면 훨씬 더 빠른 감정의 회복이 있지 않았을까 하는 생각이 든다. 그러면 어린 나도 감정을 억제하지 않고 슬프면 울어도 된다는 것을 배웠을 것이고 오랜 시간 속울음을 하지 않았을 것이다. 감정은 표현하고 만나주며 회복하는 것이라는 것을 배우는 시간이 되었을 것이다.

울음에는 놀라운 치유력이 있다. 웃음에 놀라운 치유력이 있다는 사실은 익히 들어 알고 있을 것이다. 그런데 최근 학계의 보고에 따르면, 감동해서 흘리는 눈물이 웃음보다 여섯 배나 강력한 치료 효과가 있다고 한다. 한국의 세로토닌 연구의 권위자인 이시형 박사님의《100퍼센트 인생》에 나오는 내용이다. 일본의 세로토닌 연구 권위자인 아리타 히데오 교수는 이를 감루 요법이라고 했다. 아리타 히데오 교수는 한 방울의 눈물이 일주일의 스트레스를 치료해 주는 효과가 있다고도 말했다. 많은 연구가도 눈물을 흘리면 부교감신경이 자극되어 감정을 안정시키는 효과가 있다고 말한다. 슬픔을 담아두지 않고 흘려보내는 눈물은 이러한 치유력과 회복력을 지니고 있는 것이다.

'자기감정에 솔직한 부모가 아이 감정도 잘 안다.'라는 말이 있다. 자기감정의 다양함을 오롯이 느낄 수 있는 사람이 아이의 다양한 감정을 잘 파악할 수 있는 것은 당연한 이치일 것이다. 엄마들은 때론 아이들을 위해 눈물을 삼키거나 감정을 숨기기도 한다.

하지만 엄마가 숨기려 해도 순수한 아이들은 감각적으로 그것들을 느낀다. 그런 느낌들이 계속 베일에만 쌓여 있으면 아이들은 무의식적으로 감정은 쌓아두고 숨겨야 하는 것으로 인지할 수 있다. 감정들을 수면 위로 길어 올려 아이들과 공유하고 나누는 시간을 가지는 것도 좋을 것이라 생각한다.

그런 대화의 시간이 엄마인 나에게도 떠돌아다니는 감정을 규정하는 시간이 되어 주고, 아이에게도 감정은 소중하다는 것을 알려주는 시간이 될 것이다. 때로는 그것이 슬픔이고 눈물이어도 좋다. 감루 요법이 작동하는 시간이 되어 줄 것이다.

나는 감정이 꽉 차 있는 아이를 일부러 '꾹' 찔러 눈물을 터트릴 때가 있다. 욕구의 불만과 화를 참으며 씩씩댈 때보다 '빵' 터져 울고 나면 아이들은 도리어 금방 맑아지고 순해지는 것을 보게 된다. 엄마인 우리도 마찬가지라 생각한다. 아이들처럼 순수하게 나의 감정을 만나주며 희로애락을 느끼고 표현한다면 더 건강하고 깨끗한 감정으로 아이들에게도 다가갈 수 있을 것이다. 그리고 그 안에서 아이들도 자신의 감정을 존중하고 건강하게 표현하는 아이들로 자랄 것이다.

엄마 자신을 먼저 알아야 아이가 보인다

× × ×

나는 참 나의 몸과 감정을 살피는 데 둔한 사람이다. 극한에 가서야 '내가 이렇게 힘들었구나.' 알게 되는 사람이다. 만 40이라는 나이가 되었을 때다. 아이들을 키우며 낮잠을 자지 않던 내가 밖에 나갔다 오면 거실에 짐을 내려놓음과 동시에 그 자리에 그냥 뻗어 큰 숨을 쉬어야 했다.

그런데 놀라운 건 숨을 돌리려고 잠시 누운 것뿐인데 눈을 뜨면 20~30분이 지나있었다. 마치 기절한 듯 쓰러져 있다 일어나는 것 같았다. 육아를 하며 낮잠을 자본 적이 없었는데 내가 왜 이러나 싶었다. 큰 숨을 쉬는 일이 잦아지고 잠을 자는 시간 동안도 화장실에 가는 횟수가 많아졌다. 병원도 잘 가지 않는 성격인데 감당할 수 없이 느끼는 피로감과 기타 보이는 증상들에 무슨 큰 병이라도 걸린게 아닌가 싶어 그제야 병원에 가서 여러 가지 검사를 했다.

결과를 듣고 보니 참 여러 해를 이렇게 앓고만 있었던 것을 깨달았다. 선근증이었고 그로 인한 과다 출혈로 철분과 칼륨의 수치가 정상 수치로부터 멀어져 있는 것을 알게 되었다. 아이들에게도 이렇게까지 한 적이 없었는데 왜 이렇게 인내하지 못하고 날카로운 소리를 내는지 내가 생각해도 의아했었다. 그런 내 모습을 후회하고 자책하면서도 같은 상황들이 자꾸 되풀이되었다. 철분, 칼륨 수치가 낮을 때 두드러지게 나타나는 현상이었다. 나는 내 수치들이 이렇게 낮은 것을 알고 나서야 나 자신을 이해하게 되었다.

양약에서는 선근증의 원인을 알 수 없다고 했다. 병원에서 시술로 치료를 받고 병에 대해 더 검색해 보니 한의학에서는 오랜 기간 몸이 허약한 상태로 있게 되면 얻게 되는 병으로 나와 있었다. 가리는 음식은 하나 없는데 한약은 아기처럼 껌 하나 준비하고 먹어야 하는 나는 한약들을 잘 못 챙겨 먹었다. 그동안 살만했나 보다. 내 몸이 감당이 안 되니 한의원에도 찾아갔다.

체력적으로 강성이 아닌 사람이라고 했다. 나는 임신을 해 만삭의 몸에도 몸무게가 60kg 안팎이었지만 한 번도 약골이라고 생각해 본 적이 없었다. 내게는 '깡'이 있다고 늘 생각했던 것 같다. 한의사분이 맥이 너무나 약하고 몸이 어려운 상황이라며 강한 의지로 여기까지 버텨왔다고 하시며, 과거에 태어났으면 그 의지로 독립운

동도 했을 사람이라고 농담을 하셨다. 그동안 너무 몸을 안 돌보며 지냈다고 이제 주변도 그만 돌아보고, 아이들도 좀 뒤로하고 내 몸을 돌보라고 하셨다.

심지어 하는 일들을 다 내려놓고 집안일도 하지 말고 몸을 회복시켜야 한다고 했다. 그러면서 결정적인 한마디를 하셨다. 체질적으로 약한 사람이라 세 아이를 낳고 기르기도 벅찼을 텐데 이 소중한 아이들과 오래오래 살려면 이제는 그 의지로 자신의 몸을 돌보라는 것이었다. 그 말씀을 듣는데 정신이 번쩍 났다. 부드럽게 말씀하셨지만 일침을 놓는 경고의 말씀이었다.

나는 더 이상 자정을 넘어 자지 않으려고 노력했다. 혹여나 자정을 넘어 자면 내 몸 또한 무섭게 힘들다고 신호를 보내왔다. 무리한 바로 다음 날이면 몸이 탈이 나기 일쑤였다. 그때부터 마음을 더 내려놓고 나를 받아 주어야 했다. 아이들을 잘 돌보려면 나를 살피고 돌아보는 것이 먼저였는데 그것에 무심했다는 것을 실감했다. 그 뒤로 나는 '아이들과 오래 살려면'이라는 한의사님의 말씀이 자꾸 떠올라 내 마음과 몸이 뭐라고 말하는지 귀 기울이기를 연습했다.

나는 무척이나 사교적인 사람이다. 짧은 시간에도 금방 친해지는 친화력이 있다. 어릴 때부터 통지표에는 교우관계가 원만하고, 친구들 사이에서 신망이 두텁다는 내용이 많았었다. 주변에 너무나 좋은 사람들이 많고, 또 많은 사람으로부터 사랑을 받는 나는 인복이 많은 사람이다.

그래서 잘 몰랐다. 내가 얼마나 혼자 있는 시간이 필요한 사람인지를. 나는 세 딸과 복닥거리는 것만으로도 충분한 사람이었는데 늘 나를 찾는 사람들에게 내 에너지들을 내어주었다. 울며 걸려오는 전화를 받아주느라 많은 에너지를 쏟게 되어, 아이들을 받아 줄 여유가 없어서 아이들에게 화를 내기도 했으니 내가 얼마나 자기 이해가 부족한 사람인가? 경계선이 필요했고 우선순위가 필요했다. 아이에게 쏟는 화는 아이의 문제이기보다 내가 나를 알고 돌아보는 일에 부족했기에 생기는 부분이었음을 깨닫게 되었다.

코로나19로 인해 자연스럽게 사람들과의 왕래가 차단되었고 아이들과 24시간 함께 있어, 걸려오는 전화들에도 양해를 구했다. 금방 끝날 줄 알았던 코로나가 장기화되자 코로나 블루라는 말이 등장했다. 사회적 거리두기가 계속되면서 사람들이 느끼는 우울감을 뜻하는 말이다.

그런데 나는 아이러니하게도 그렇게 왕래가 차단되어 아무도 만나지 않는 시간에서 에너지를 느끼게 되었다. 결혼을 하고 해를 거듭할수록 내가 나만의 시간에서 에너지를 얻는 내향성의 사람이라는 것을 알고 있었지만 철저하게 깨닫게 되는 시간이었다. 내 안에 에너지가 고이자 글을 쓰고 싶다는 생각이 들었다. 그리고 나는 이렇게 글을 쓰고 있다.

같은 시기에 아이를 낳고 우연히 같은 조리원에서 만난 친구가 있다. 친구는 회사에 산후 100일 휴가를 낸 상태였는데 100일을 다 채우지 않고 한 달 만에 회사로 복귀를 했다. 살뜰한 시부모님이 아이를 봐주시니 걱정할 것이 없었던 친구는 아이를 키우는 것이 가장 힘든 일 같다고 말했다. 밝은 목소리로 회사 일보다 육아가 몇 배는 힘들다며 출근하니 살 것 같다고 했다. 친구의 말이 맞다. 엄마가 살아야 한다. 친구는 탁월한 선택을 한 것이다. 친구는 지금도 한결같이 열심히, 기쁘게 일하고 있다. 그러면서도 얼마나 야무지게 육아를 하는지 모른다.

나는 주변에 육아를 도와주실 분이 없다. 그러나 누군가 아이를 봐줄 수 있다고 해도 내 아이는 내가 키웠을 것이다. 항상 내가 하고 싶은 꿈을 바라보며, 하고 싶은 일에 대한 욕구가 마음속 깊이 있었지만 나는 아이들의 어린 시절을 마냥 함께하고 싶었다. 육아를 일 순위에 두고 나는 오랜 시간 육아에 몸을 담고 있다. 나는 알고 있다. 이것이 내가 원하는 가장 행복한 선택이라는 사실을.

아이들을 뒤로하고 내 일에 두각을 나타낸다고 행복할 엄마가 아니었다. 각자 자기에게 가장 좋은 선택을 하면 된다고 생각한다. 나는 느림보 걸음을 택했고 많은 기회와 선택이 내 앞에 있었지만 난 참 더딘 길을 택했다. 엄마를 필요로 하는 아이들과 다시 돌아오지 않을 시간을 함께한 것이 나에게 최상의 선택임을 나는 알고 있다. 그러나 또한, 나는 알고 있다. 이제 아이들이 초등학생이 되었고 이제는 나의 길로 걸어가야 행복한 엄마라는 것을!

아이가 문제가 있는 것이 아니라 때로는 나의 충족되지 않는 욕구와 몸의 불균형이 아이를 온전히 바라보는 눈을 왜곡하고 있지는 않은지 살펴보면 좋겠다. 정말 우리 아이에게 좋은 것을 주고 싶다면 내게 좋은 것이 무엇인지 알고 나를 이해하는 것이 선행되어야 한다. 나를 뒤로하고 달려온 육아는 결국 아이들에게도 좋은 것을 줄 수 없다는 것을 깨달았다. 육아의 주체가 바로 나이기 때문이다. 자기를 이해한 만큼 육아에서도 안정감과 만족이 있고 그 안에서 장거리 마라톤인 육아의 길을, 건강하게 걸어갈 수 있을 것이다. 나의 마음과 몸을 바라보고 보듬는 시간을 세팅하자. 그리고 그 건강함 안에서 아이를 투명하게 바라보자.

육아는 엄마 자신의 내면 아이와 대면하는 시간이다

서른여덟, 독박 육아 시기 친정엄마가 농도 깊게, 자주 생각났다. 그 시기가 내게 힘든 시간이기도 했지만, 또 다른 이유가 있었다. 그 이유는 지금의 나와 비슷한 엄마의 나이 때문이었다.

내게 독박 육아의 시기는 치열하고도 꽤 길었다. 내가 서른여덟인 그 해는 셋째까지 태어나 다둥이 육아에 도움의 손길이 간절했지만 마음과 몸의 고단함을 남편과 대화로 풀 시간조차 허락되지 않았다. 남편 또한 그것을 받아 줄 여력이 없는 삶을 살고 있었다. 집에 오는 시간은 거의 매일 새벽 한두 시였고 거기다 프로젝트 마감이 임박하면 집에도 못 오고 회사에서 간이 잠을 자야 했던 시기였다. 그러다 보니 주말, 휴일이 없는 때도 많았다.

일에 지친 남편도 무엇을 돌아볼 여유가 없었고 홀로 어린 세 딸을 돌보던 나도 힘에 부쳤다. 서로를 받아주고 보듬을 힘이 없었고 각자의 자리에서 치열하게 감당해 내야 했다. 그때를 생각하면 남편도 나도 참 최선을 다하는데도 삶은 수월치가 않았고 끝이 보이지 않는 긴 터널을 통과하는 것만 같았다.

만약 그 시기 남편이 정시 퇴근을 해서 여섯 살, 네 살 그리고 한 돌이 안 된 세 딸과 알콩달콩 단란한 저녁 시간을 보낼 수 있었다면 어쩌면 엄마를 향한 내 감정들은 더 둔탁했을지도 모른다. 첫 아이를 출산했을 때처럼 말이다.

2006년 4월에 결혼해, 신혼의 달콤함을 누리던 시기, 엄마가 중환자실에 계시다 2007년 1월에 천국으로 먼저 가셨다. 그리고 나는 그해 겨울 아이를 가져 2008년 8월에 출산을 하였다. 첫 아이를 출산하게 되면 친정엄마 생각이 많이 난다고들 했다. 엄마를 떠나보내고 문득문득 엄마 생각이 나서 두서없이 눈물이 났기 때문에 '출산 후에는 얼마나 더 엄마 생각이 날까?'라고 생각했었다. 그런데 나는 낯선 육아에 다른 생각을 할 겨를이 없었고 첫아이를 품에 안아 키운다는 기쁨과 남편의 살뜰한 챙김 속에서 많은 행복감을 누렸다.

큰아이가 두 돌이 된 시기, 둘째 출산으로 조리원에 있을 때는 상황이 달랐다. 남편은 가정에서 첫아이를 돌보고 있었기 때문에 조리원에서 혼자 지냈다. 어느 날, 조리원 거실에 모녀가 앉아 있었는데 딸이 "엄마"하고 말문을 떼는 순간 울컥하고 눈물이 났다. '엄마'라는 단어를 듣는 순간 감정이 북받쳐, 서둘러 방으로 들어와 울어버렸다. 그리고 우리 딸들이 오래오래 "엄마"라고 부를 수 있게 건강하게 아이들 곁에 있어 주고 싶다고 생각했다.

서른여덟, 혼자 육아하며 외롭고 힘든 시간, 아마도 엄마 생각이 많이 났던 것은 그만큼 내가 힘들었기 때문일 것이다. 아이들을 재우려고 어둠 속에 누워 있다 보면 '엄마는 셋도 아니고 다섯… 참 힘드셨겠다.'라는 생각이 절로 났다. '거기다 엄마는 혼자가 아니었던가? 넋두리할 남편조차 없이 그 시간을 어떻게 보내셨을까?' 그렇다. 남편도 없이 엄마가 혼자된 나이는 나랑 비슷한 서른아홉이었다. 그리고 엄마 곁에는 고1, 중1, 초등학교 5학년, 3학년 그리고 여섯 살인 막내, 내가 있었다.

서른여덟, 그 시기 내가 엄마를 자주 떠올렸던 가장 큰 이유는 사실, 엄마보다 더 자주 떠오르는 한 아이 때문이었다. 바로 여섯 살 아이, 나의 모습이었다. 큰아이가 여섯 살이 되자 여섯 살 때의 내가 자주 생각났다. 여섯 살, 한참 아빠에게 응석을 부릴 나이에 아빠가 교통사고로 갑자기 세상을 떠나셨다. 난 그때 "아빠! 아빠!" 하고 마음 놓고 울어 본 적이 없었다. 장례식장에서는 상황을 잘 파악하지 못했던 것도 같다. 그런데 장례식 이후에도 한 번도 아빠를 찾지 않았다.

우리 딸들이 갑자기 아빠의 사망 소식을 듣게 된다면 어떨까? "엄마! 아빠 정말 죽은 거야? 이제 아빠는 다시 볼 수 없는 거야? 나 아빠 보고 싶어. 아빠 보고 싶단 말이야! 싫어. 싫어. 아빠 못 보는 거 싫어." 하며 울음을 터트렸을 것이다. 어쩌면 매일 밤 그렇게 아빠를 찾고 찾으며 울었을지도 모르겠다. 어찌 보면 그것이 더 자연스러운 모습이다.

나는 매일 얼굴을 보던 아빠에게 "회사 잘 다녀오세요."라고 인사를 하고 헤어졌고 그것이 영원한 이별이 되었다. 그런데 나는 한 번도 아빠를 찾으며 울어 본 적이 없었다. 보고 싶다고 말해 본 적도 없었다. 여섯 살 아이가 초등학교 4학년이 되어서야 "아빠! 보고 싶어요." 하며 아무도 없는 빈집에서 아빠를 찾으며 많이 울었었다. 자라면서도 아빠를 향한 그리움을 표현하는 것은 가족에 대한 배려가 아니라는 생각에 티를 내 본 적이 없었다. 나는 성장하면서 여러 가지 상황에서 나만의 답들을 찾아갔었고 스스로 마음을 만지는 시간을 가졌다고 생각했었다.

그런데 이번엔 다른 모습으로 그 아픔이 다가왔던 것이다. 여섯 살 서은이의 모습 속에서 어린 내가 보였다. 그때는 그 시간을 살아내느라고 보지 못했지만 엄마가 되고 보니 여섯 살 딸을 통해, 여섯 살 내가 보였다.

슬퍼하는 모습을 가족들이 보게 되면 마음이 아플까 봐 슬픔을 싸고 또 싸서 가슴 깊이 삼켜 버린 아이. 그래서 그런 슬픔이 하나도 없는 듯 밝게 자라려고 했던 아이. 이렇게 떨어져서 보고 있으니 그것을 겪었을 아이가 애처롭게 다가왔다. "많이 아팠겠다. 아프다는 말도 못 하고 힘들었겠다." 마음속에 아이에게 말을 건넸다.

그 아이가 보일 때마다 "울었어야지. 누구라도 그 상황이었다면 울었을 거야. 얼마나 힘들었니? 상황이 어떻게 된 건지 얼마나 알고 싶었니? 애썼다. 여섯 살 경미야! 울어도 괜찮아. 내가 안아 줄게." 그렇게 내게 찾아온 여섯 살 경미를 만나 주고, 안아 주는 시간을 가졌다. 그 후 둘째가 여섯 살이 되었을 때도, 셋째가 여섯 살이 되었을 때도 그 아이는 보이지 않았다.

나와 같이 아이를 키우는 시간을 통해 어린 자신을 안아 준 김희아 씨가 있다. 그녀의 책 《내 이름은 예쁜 여자입니다》를 읽어 보면 그녀는 화염상모반이라는 안면 장애를 가지고 태어났다. 붉은 점이 한쪽 얼굴을 덮은 그녀는 아기 때 부모에게 버림받고 보육원에서 자랐다. 친구들에게 "괴물이다! 귀신이다!"라는 놀림을 받으며 자란 그녀는 많은 손가락질 속에서 상처를 받으며 성장했다. 그런 그녀는 자신을 진정으로 사랑해 주는 남자를 만나 예쁜 딸을 낳게 됐다. 딸을 품에 안고 기르면서 부모님을 생각하게 됐다고 했다. 큰 점으로 얼굴을 덮고 태어난 딸을 보고 얼마나 가슴이 아프셨을까 하고 부모님 마음을 이해하게 되었다고 한다.

어느 날은 딸과 역할 놀이를 하는데 "엄마가 맘마 해 줄게."라는 딸의 말을 듣는 순간 누군가 망치로 뒤통수를 때리는 느낌을 받았다고 한다. 단지 아이가 건네는 말인데도 이게 엄마구나 하면서 아이를 통해서 엄마의 사랑을 느끼게 되었고 그동안 가장 하고 싶었던 말 "엄마, 나 아파!"라는 말을 하며 투정을 부렸다고 한다. 아이가 "아가 많이 아파? 엄마가 우리 아기 안 아프게 옆에서 지켜 줄게."라는 딸의 말을 들으며 자신의 상처를 만지는 놀라운 경험을 하였다고 했다.

육아는 다시 되돌아갈 수 없는 과거로 나를 데려다주는 마법의 시간인 것 같다. 육아의 시간을 통하여, 아이들의 모습을 통하여 나의 내면 아이를 만나는 시간이 찾아올 것이다. 어떠한 모습이든지 두려움 없이 오롯이 그 시간을 마주하다 보면 이해하지 못했던 부분들을 이해하게 되고 상처를 치유하는 시간이 되어 줄 것이라 생각한다. 그 시간을 통하여 나를 이해하고, 때로는 나를 낳아 준 부모를 이해하는 시간이 되어 줄 것이다. 나의 내면 아이를 깊이 위로하며 건강하게 세워주는 시간을 두려움 없이 대면하기를 바란다. 그렇게 내면의 아이를 키워 내고 나면 육아의 시간은 더 가볍고 활기찬 시간이 되어 주어 내 아이에게도 안정감을 주는 육아의 장이 될 것이다.

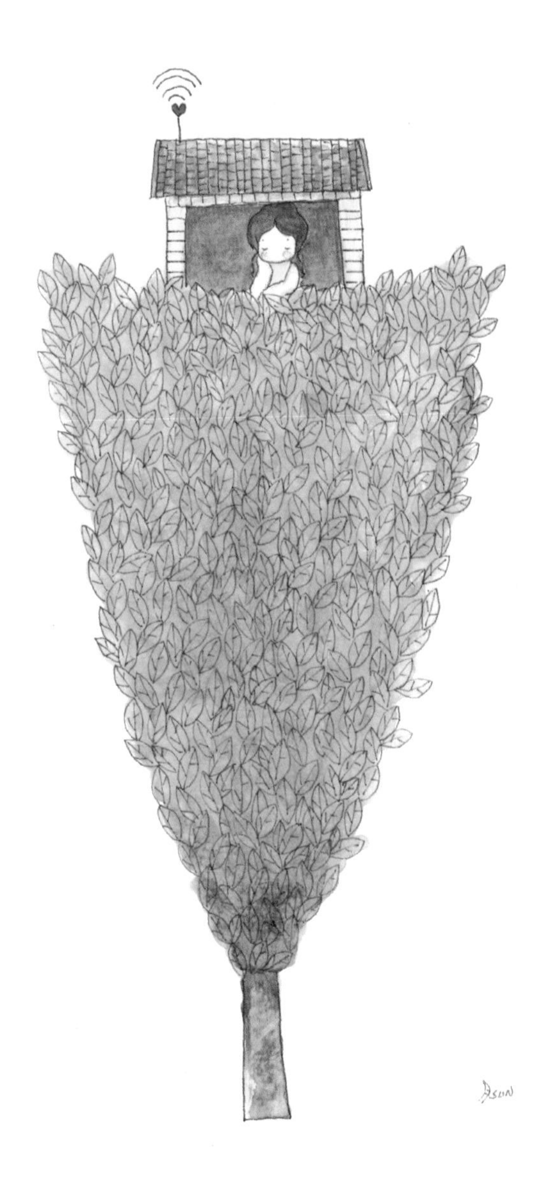

엄마는 내 아이의 감정 코칭 전문가

"엄마, 나 마음이 안 좋아." 불을 다 끄고 자려고 누웠는데 딸이 건넨 말이다. 초등학교 5학년이 되니 큰딸이 부쩍 감정 변화를 많이 느꼈다. 가끔 친구들 사이에서 함께 웃고 있어도 마음에서 허전하다고도 말했고 요즘 생각이 많아진다고도 했었다. 그런 딸이 묵직하게 건네는 말에 어둠 속에서 딸에게 다가가 얼굴을 바라보며 누웠다. 그리고 멀지 감치에 누워 있는 동생들을 배려하여 둘이 속삭이며 대화를 이어갔다. 아이가 왜 마음이 안 좋은지 아이의 마음을 직면해 볼 수 있도록 왜 그런 것 같은지 물어보았다. 처음에는 모르겠다고 했던 딸이 차근차근 묻는 엄마의 물음을 좇아가며 답을 찾아갔다.

딸이 울면서 말했다. "나도 잘 못하면서 내가 친구들이나 동생들에게 말로 너무 가르치려고 하거나 바른말만 한 것 같아. 그런 내가 싫고 미안해." 때로는 엄마가 하고 싶었던 말을 아이의 입으로 얘기하는 순간이다. 많은 말은 필요하지 않았다. "그랬구나. 많이 속상했구나."라는 말로 아이의 속상한 마음에 공감해 주었다. 그리고 서은이의 그 부분이 나쁜 점만 있는 것 같은지 물었다. 우리도 감정선이 바닥으로 내려갈 때 하염없이 부정적인 마음이 찾아온다. 큰아이는 말을 조리 있게 잘해 '아나운서 같다. 가르치는 교수가 되면 잘하겠네.'라는 말을 곧잘 듣곤 했다. 반대로 보면 서은이의 강점이 되는 부분이기도 했던 것이다.

한참을 울고 난 아이가 말했다. "아니 그래서 친구들에게 도움을 준 때도 있었어. 친구들이 서로 갈등을 겪고 싸울 때 중재 역할을 한 적도 있고 다가와서 고민을 얘기하는 친구에게 답을 준 적도 있어. 그리고 동생들은 내가 설명해 주면 이해가 잘 된다고 했어." 여전히 내가 해 줄 말은 많지 않았다. "그렇구나. 그런 좋은 점도 있구나. 나쁜 점만 있는 건 아니었구나. 그럼 어떻게 하면 좋을까?" 그 말을 전하고 끝까지 아이의 마음을 들어주었다. 마지막으로 딸이 이렇게 말하고 잠자리에 누웠다. "엄마와 얘기하니 좋다. 이제 잘래. 마음이 훨씬 가벼워졌어."

대학원 때 '기업 코칭' 수업을 들은 적이 있다. 기업이라는 큰 조직체 안에서 코칭의 개념을 다루고 용어도 다른 차원이 있지만 여러 가지 상담이나 교육에서도 적용할 코칭의 핵심 내용을 배우는 소중한 시간이 되었다. 내가 정리해 적용한 코칭의 핵심 내용은 코칭에는 전제 조건이 있다는 것이었다.

첫 번째 전제 조건은 모든 사람에게는 무한한 가능성이 있다는 생각에서부터 시작해야 한다는 것이다. 코칭을 해야 하는 상대는 문제아나 문제 집단이 아닌 답을 가지고 있는 무한한 존재로 정의한 후 시작해야 한다는 것이다. 그렇기 때문에 자연스럽게 '필요한 해답은 모두 그 사람 내부에 있다.'가 코칭의 두 번째 전제 조건이 된다. 전제 조건이 충족되었다면 그 내부에 있는 해답을 찾기 위한 대화와 열린 마음만 수반되면 된다. 그리고 끝으로 해답을 찾기 위해서 파트너십을 이루어가며 답을 찾아가는 것이다.

육아에서도 마찬가지로 적용할 수 있을 것이다. 위의 전제 조건들만 잘 적용한다면 엄마처럼 좋은 감정 코칭 전문가도 없을 것이다. 누구보다 아이의 감정을 가장 먼저 파악할 수 있는 사람은 엄마일 것이다. 엄마는 10개월 배 속의 교감 시간까지 모두 합치면 가장 많은 시간을 아이와 함께한 사람, 한 몸을 이루었던 사람이다. 또 아이를 기르며 누구보다 아이를 잘 알고, 아이의 상황도 잘 아는 사람이다. 내가 아이를 다 아는 것이 아니라는 마음과 더 알아가고자 하는 마음을 가지고 열린 마음으로 아이 앞에 선다면 엄마처럼 좋은 조건의 코칭가도 없을 것이다. 그러나 아이러니하게도 좋은 코칭 전문가가 되는 것이 엄마처럼 어려운 사람도 없을 것이다. 너무 잘 안다고 생각한다. 내 몸으로 낳아 때로는 아이가 나 자신인 줄 착각한다. 아이가 잘되기를 바라는 마음이 앞서 심리적 거리를 유지하고 객관적인 관점을 유지하기가 어려워진다. 늘 아이를 바르게 키워야 한다는 생각이 앞서 공감보다는 훈육이 빠른 엄마들이다.

감정 코칭이라는 말처럼 감정이 먼저 만져져야 코칭이 이루어진다는 사실을 간과한다. 내 기준으로 아이를 바로잡는다는 명목으로 조정하고 간섭하여 관계가 깨져 버린다면 진정한 훈육도 감정 코칭도 이루어질 수가 없다. 감정을 존중하지 않는 육아와 훈육은 아이의 마음을 다치게 한다는 것을 기억해야 한다. 아이가 마음을 다치는 일이 반복되면 부모와 아이의 관계가 깨지는 일이 벌어진다. 관계가 깨진 후에 돌이키려면 너무나 많은 길을 돌아와야 한다. 가장 중요한 것은 자녀와의 관계라는 사실을 기억하자.

나도 아이가 자신의 문제라고 꺼내 놓은 이야기에 모든 과정을 삭제하고 가르치려는 마음이 앞섰다면 어땠을까? "맞아. 서은이가 그런 부분이 좀 있다고 엄마도 생각했어. 동생들에게 말을 할 때도 말이야……." 하면서 일장 연설이 시작되었다면 어떤 풍경이 되었을까? 엄마의 연설을 다 듣고 볼멘소리로 "네."라는 외마디를 남기고 이불을 뒤집어쓰고 잠을 청했을지도 모른다. 아니면 자신도 싫게 느껴지는 부분을 엄마가 되짚어 주어 마음에 스크레치를 안고 눈물을 흘리며 잠이 들었을지도 모른다.

나 또한 항상 코칭이 되는 것은 아니다. 코칭과 훈육을 위장한 화만 내고 끝나버리거나 답을 던져주고는 잘하라는 지시를 내리는 경우들이 생긴다. 엄마가 좋은 코칭 전문가가 되는 길은 모든 전문가가 그러하듯이 농이 익도록 많은 연습과 시간의 누적이 필요할 것이다. 그렇게 보면 엄마에겐 한 번 잘못했어도 회복할 수 있는 시간과 연습할 장이 늘 열려있다. 코칭 아마추어에서 프로의 길을 가고 있다고 생각하며 실망하지 말고 연습하고 또 연습해 간다면 내 아이의 좋은 감정 코칭 전문가가 될 수 있을 것이다.

감정 코칭은 아동심리학자 하임 기너트 박사가 창시한 후, 워싱턴주립대학 심리학과 명예교수인 존 가트맨 박사가 40여 년간 관계 연구를 통해 체계화한 것이다. 한국에서는 최성애, 조벽 교수님께서 저서와 강연을 통해 전해 주셨다. 존 가트맨 박사와 최성애, 조벽 교수님의 공동저서인《내 아이를 위한 감정코칭》에서 감정 코칭 전문가가 되는 가이드를 제시하고 있다. 배우고 연습하면 내 아이에게 최고의 감정 코칭 전문가가 될 수 있을 것이다.

감정 코칭은 '마음은 공감하지만 행동에는 분명한 한계를 주어 바람직한 방향으로 이끌어주는' 관계의 기술을 말한다. 책에서는 감정 코칭의 방법을 5단계로 가르쳐 주고 있다. 감정 코칭의 1단계는 아이의 감정을 인식하는 것에서부터 시작된다.

아이의 감정을 인식한 후 2단계로 감정적 순간을 좋은 기회로 삼는 것이다. 나에게도 서은이가 감정을 보여 준 순간이 좋은 기회가 되어 주었다. 3단계는 아이가 감정을 말할 수 있게 도와주는 것이다. 4단계는 아이의 감정을 공감하고 경청하기이다. 마지막 5단계가 아이 스스로 문제를 해결할 수 있도록 해 주기이다. 답안지를 가지고 있듯이 마음에 꾹꾹 메모해 놓고 아이가 자신의 감정을 내비쳐 줄 때 기회를 놓치지 말고 아이 곁에 다가가 감정 코칭 전문가의 면모를 보여주자.

좋은 감정 코칭 전문가는 아이의 감정을 만져주는 것이다. 톰 크레인의《코칭의 핵심》이라는 책에 나오는 한 문장으로 코칭을 정리하고 싶다. "코칭의 핵심은 마음이다." 그렇다. 아이의 마음에 귀를 기울이고 마음으로 공감하는 것에서부터 코칭은 시작된다. 아이와 나의 마음이 닿아야 그때부터 작용이 일어날 수 있다. 한 걸음 한 걸음 전문가가 되기 위한 스텝을 지금부터 연습하자.

제 3 장

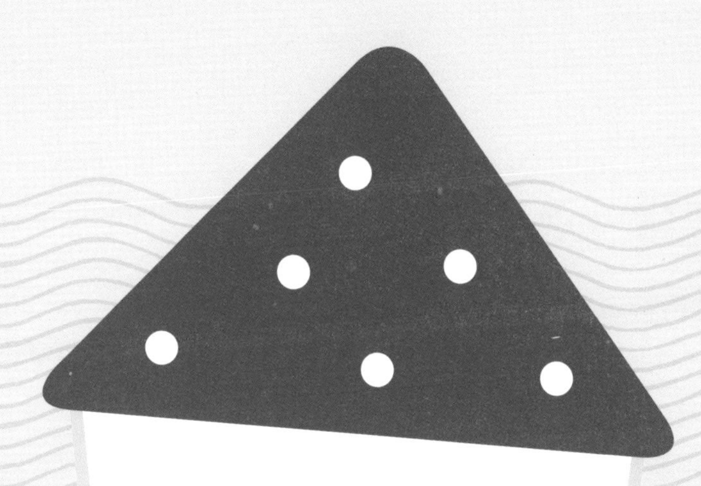

엄마의 믿음이 아이의 자존감을 키운다

엄마의 공감을 받고 자라는 아이의 자존감

큰아이는 15개월이 되어서야 걷기 시작했다. 돌이 지나도 걷지 못하는 아이를 보고 주변에서는 걱정을 했지만 정작 나는 별로 걱정이 되지 않았다. 큰아이가 겁이 많고 정적인 아이인 것을 알고 있었기 때문이다. 그리고 어차피 걷기 시작하면 평생 걸을 것인데 조금 더 늦게 걷는다고 큰일 날 것도 없으니 급한 것도 없었다. 때가 되면 걷겠지 하고 기다리니 15개월쯤 되자 걸을 만한 용기가 생겼는지 한 걸음 두 걸음을 떼며 걷기 시작했다. 그 후 네 살이 된 아이는 계단을 내려갈 때도 어르신들처럼 옆에 봉을 잡고 내려갔다. 그 조심성 많은 모습과 점잖은 모습에 웃음이 나왔다. 엄마의 손을 놓고 천방지축 뛰어다니는 아이를 잡느라 바쁠 때가 이때가 아니던가? 하지만 우리 집 큰아이는 그랬다.

어느 날 아이들이 계단에서 폴짝 뛰어내리는 점핑 놀이를 하고 있었다. 큰아이보다 어린 네, 다섯 살 친구들이 자기의 실력을 보여 주려고 앞다투어 폴짝폴짝 뛰어내리고 있었다. 조금 떨어진 곳에서 신나게 뛰어노는 아이들을 바라보는 큰아이의 입가에 미소가 번졌다. 그 모습을 보고 있으니 딸도 도전해 보면 좋겠다는 생각이 들었다. 우리 아이의 다리 길이면 충분한 높이였다. 해 보지 않아서 엄두를 못 내는 모습이 안타까웠다. 딱 한 번 뛰어보면 '에게! 이런 거였어? 별거 아니네.'라는 것을 알게 될 테니 경험하게 해 주고 싶었다. 아이에게 뛰어보라고 했고 아이는 싫다고 했다. 나는 할 수 있다고 용기를 주고 격려하며 엄마 손을 잡고 해 보자고 했다. 그런데 뒤로 엉덩이를 빼는 아이와 앞으로 잡아당기는 엄마의 템포가 맞지 않아 넘어질 뻔했다. 발목이 괜찮은지 살피는데 미안한 마음이 들었다.

나는 그때 깨달았다. 아이가 뛰기에 충분한 거리였을지 모르지만 실제적 거리보다 더 중요한 것은 아이의 심리적 거리라는 것을. 그것을 엄마가 간과했다. 아이가 할 수 없다고 생각할 땐 우선 그 마음에 공감해 주는 것이 먼저였다. 충분히 공감해 준 후 네가 뛸 수 있다고 생각하는 거리는 얼마인지 물어봐 주었어야 했다. 비록 그 계단의 높이가 저 밑바닥이라고 해도 거기서부터 시작해야 했다. 할 수 있다는 격려보다 공감이 아이 내면을 세우는데 더 탄탄한 힘이 될 수 있다는 것을 그때 알았다. 아이의 마음이 받아들여진 그 심리적 거리에서 시작해야 그다음 단계로 갈 수 있다는 것도 알게 되었다.

다둥이를 키우는 엄마로 어려움을 겪는 것 중의 하나가 아이들 사이에 트러블이 생겼을 때다. 아이들이 싸우는 모습을 보는 것도 힘이 들지만 거기다 더 곤란한 것은 내가 봐도 기울기가 보이고 잘못한 친구의 모습이 정확히 판가름 날 때이다. 큰아이와 둘째가 실랑이를 벌이고 있으면 말이 조리 있고 나이가 많은 큰아이가 우세해 보인다. 언니에게 당하고 있는 둘째를 보고 있으면 이건 아니지 싶어 넘지 말아야 할 강을 넘고 만다. 엄마는 공정한 엄마가 되어 논리정연하게 큰아이에게 따져 묻고 엄포를 한다.

자기 딴엔 억울해서 할 말이 많지만, 혼이 나서 아무 말도 못 하는 큰아이의 모습을 보고 나서야 때늦은 후회를 한다. 한쪽에게만 너무했나 싶으니 둘째에게도 왜 싸우느냐고, 언니 말 잘 들으라고 으름장을 놓는다. 왠지 '나는 공평한 엄마야.'라는 듯 말이다.

돌아보면 아이가 원했던 엄마는 공정한 엄마도 공평한 엄마도 아니었겠다 싶다. 또 공정한 것이 어디 있겠는가? 사람은 다 내 감정이 우선이고 내 입장만 보이는데 엄마가 제아무리 공평과 정의의 저울을 내민다 해도 각자의 입장 차이가 있었을 것이다. 각자의 다른 입장과 속상한 마음을 엄마에게 공감받고 싶었을 텐데 엄마에게 지시만 받은 상황이다.

결국 그 누구도 공감해 주지 못한 매정한 엄마가 되었다. 꼭 아이들을 혼내고 돌아서고 나서야 큰아인 큰아이대로, 작은 아인 작은 아이대로 속상했겠구나 싶으며 그 마음이 헤아려졌다. 그제야 그 마음에 공감해 주지 못함을 후회했다.

아이들의 갈등이 깊어질 때 알았다. 공감이 부족했다는 것을. 트러블로 마이너스가 된 마음을 공감으로 채우려고 했는데 엄마의 훈계가 마이너스 제곱의 상황을 만든 것이다. 그러니 서로를 보듬을 힘이 없었다. 언니는 언니대로, 동생은 동생대로 상대방 때문에 혼이 난 격이 되어버렸으니 서로의 골이 깊어질 수밖에 없었다.

아가씨 때 아마추어들이 오랜 시간 준비해 공연한 뮤지컬 한 편을 보고, 크게 감동받은 적이 있다. 오는 버스 안에서 '사랑해야지. 더 많이 사랑하며 살아야지.'라는 마음이 가득 찼다. 뮤지컬의 메시지가 '사랑하며 살라'라는 것도 아니었다.

이제 보니 감동적인 영화를 보았을 때도, 자연이 주는 생명력에 감탄하였을 때도 비슷했던 것 같다. 내 안에 감동이 차올랐을 때 올라오는 감정이 사랑이었다. 어쩌면 큰 아이에게 동생을 사랑하라고 가르치는 것보다 아이의 마음에 공감해 주는 사랑이 진정한 가르침이 되었을지 모른다. 그리고 공감으로 받은 감동은 아이의 마음에 울림이 되어 동생을 사랑하고 싶을 것이다.

그 뒤로 나는 씩씩거리며, 와서 전하는 아이들의 제보를 그냥 다 들어주려고 했다. 그리고 제보자의 마음에 십분 공감하려고 애썼다. 푸념을 쏟아 놓는 아이의 아군이 되어 같이 욕도 해 주고 엄마가 가서 따끔하게 혼내 주겠다며 공갈 약조를 하기도 했다. 그리고 아이들의 전쟁에는 벙어리 삼 년, 귀머거리 삼 년이 되려고 노력했다. '참아야 하느니라.' 중간에 들어가 편을 가르는 것은 금물이었다. 단지 시간이 지나 전쟁의 폐허에 찾아가 싸매 주고 일으켜 주는 일을 하려고 노력했다.

다둥이 하나하나 그 아이대로 각자의 입장을 이해하고 그 감정을 공감해 주려고 노력하면서, 아이들 사이의 틈이 메워지는 것을 느꼈다. 나에게도 숙제가 되었던 아이들의 트러블은 공감이라는 열쇠로 하나하나 풀려갔다. 생각해 보니 나도 그랬다. 남편에게 무언가 볼멘소리를 쏟아 놓았을 때 "그랬구나. 당신 혼자 많이 힘들었구나."라는 남편의 그 한마디면 족했다. 그 공감에서 위로를 받고 일어날 힘을 얻었다.

아이들 어렸을 때 모습을 떠올려 보자. 넘어지고 나면 꼭 주변을 살핀다. 그러다 그 현장을 포착한 엄마와 눈이 마주치면 그때 아프다고 울먹거린다. 그리곤 엄마의 리액션을 기다린다. "아이고 우리 딸 넘어졌어요? 많이 아팠어? 엄마가 호야호야 해 줄게." 그 격한 리액션, 즉 엄마의 공감에 아이들은 툴툴 털고 일어난다. 공감받은 그 자리에서 일어날 힘을 얻는 것이다. 공감이 먼저이다. 공감을 받은 후에야 마음을 추스를 힘을 얻는다. 가르침은 일으켜 세운 후에 해도 충분하다.

다시 한번 공감의 언어를 기억하려고 한다. '그랬구나.' 이 한마디에 힘이 있다. 내 마음을 알아준다는 것은 내가 나여도 된다는 것이며, 내 감정이 받아들여졌다는 것은 그다음 감정으로 넘어갈 수 있는 여과기를 통과한 것이다. 아이의 말에 공감의 첫 마디 "그랬구나."로 시작하자. 또 아이에게 감동을 주는 말 "그럴 수 있어." "그래도 되지."라는 'Three 그'를 준비해 두자. 처음에는 연습이라도 좋다. 반복적인 연습을 통해 익숙한 소리가 되고 나면 소리에 의미가 더해질 것이다. 공감으로 감동이 흘러가는 그 날까지!

소신 있는 엄마는 아이와 눈을 맞춘다

×
×
×

아이들을 이만큼 키워 놓고 보니 아이를 키우는 데 너무 많은 것들은 필요치 않았다는 생각이 든다. 아이를 키울 때는 알아야 하는 것도 많고 구비해 놓아야 할 것도 많다고 느꼈었다. 그러나 이것은 꼭 있어야 해, 이 장난감이 그렇게 좋다더라로 집을 채우기엔 아이는 너무나 빠른 속도로 자라고 그 시간은 금방 지나가 버린다는 것을 깨닫게 된다.

지금 와서 돌아보니 아이들이 성장하는 시간은 빠르게 지나가고 아이들은 스스로 성장해 간다. 이렇게 금방 지나갈지 모르고 많은 말들에 귀를 기울이고 많은 것들을 알아보느라 바빴다. 정보들은 내 마음을 춤추게 했고 들은 것들을 따지고 묻고 비교하고 고르느라 많은 시간과 에너지를 소비했다. 좋다는 것을 구비하느라 정작 그것을 활용하고 아이랑 시간을 보내는 것에 소홀할 때가 많았다. 덜 중요한 것을 하느라 더 중요한 것을 놓치는 일들이 생겼으니 주객이 전도된 것이다.

아이에겐 작은 것 하나라도, 엄마와 함께 몸을 비비며 가지고 논 것은 교감, 추억이라는 선물을 주어서 이 세상 어디에도 없는 특별한 이야기를 가진 물건이 된다. 그러나 아무리 특별한 장난감들이 쌓여 있어도 그 안에 담김 스토리가 없으면 아이도 몇 번 흥미를 느끼고 노는 것에 그치게 된다. 얼마나 더 좋고 많은 것들을 제공해주느냐는 중요한 것이 아닌 것이다. 가장 좋은 놀잇감은 엄마의 재잘거림과 이야기 세상이며 아빠의 몸 놀이터이다.

첫아이를 키울 때는 아이랑 책이랑 함께 정말 많이도 놀았다. 얼마 안 되는 책으로 풍성한 책 세상을 만들어 갔다. 둘째도 있어 같이 볼 동생도 생기고, 큰아이 스스로 책을 읽기 시작했을 때는 책을 좋아하는 큰아이를 위한 과감한 투자가 시작되었다. 아이들이 잠들면 아이의 연령에 맞는 책들은 어떤 것들이 있으며, 어떤 책들이 좋은지 출판사부터 책 내용까지 폭풍 검색을 하느라 새벽에 잠드는 일이 많아졌다.

어느새 나는 아이와 책으로 노는 정성보다 여러 평가에 귀를 기울이며 좋은 책들을 고르느라 바빴다. 그러다 책을 저렴하게 중고로 구매할 수 있다는 사실도 알게 되었다. 책만큼은 지출을 아끼지 않았던 내게는 신세계 같았다. 어느덧 중고나라가 중독 나라가 되어 갔다. 아이에게 좋은 책을 만나게 해 주고 싶어서 시작된 것이 좋은 책을 찾는 나만의 검색 놀이가 되어갔던 것이다.

셋째가 태어났을 때는 첫아이가 태어났을 때와는 비교가 안 될 정도로 엄청난 양의 책이 구비되어 있었다. 그런데 중요한 것은 엄마가 예전의 엄마가 아니었다. 첫아이를 키울 때는 아이가 들고 오는 책이 반가운 책이었는데 아이가 셋이 되고 보니 셋째가 들고 오는 책은 부담스러운 책이 되었다. 엄마도 점점 꾀가 나기 시작했다.

아이를 키우면서 보니 서너 살 정도에 글자에 관심을 보이기 시작했다. 네 살에 어린이집에 가기 시작한 아이가 어린이집 친구의 이름도 말하고 동화책 속에 나오는 글씨에 관심을 가지기 시작했다. 그러면 나는 아이의 관심과 흥미를 그대로 좇아가 주었다. 아이가 말하는 친구 이름을 적어 주기도 하고 궁금해하는 글자들도 짚어서 읽어 주며 큰아이는 수월하게 네 살쯤 한글을 떼었다. 둘째 아이도 비슷했다.

셋째 아이도 비슷한 시기 그렇게 글자에 호기심을 나타내었는데 엄마의 반응이 예전 같지가 않았다. 다둥이 육아를 하는 엄마는 항상 분주해, 아이가 물어볼 때마다 그냥 지나치게 될 때가 많아졌다. 이게 무슨 글자인지 물어오는 딸에게 "언니에게 물어봐." 하며 미루기 일쑤였다. 애를 셋쯤 키우면서 주부 9단이 아닌 불량 엄마 9단이 되어 갔다. 아이가 흥미를 보이던 시기에 무심하게 지나가다 보니 셋째는 한글을 떼는 것도, 책을 좋아하는 것도 언니들과는 확연하게 차이가 났다. 용돈 유인 작전으로 책을 읽자고 해도 쿨하게 "그 용돈 안 받을게요." 하는 초등학교 1학년이다.

그런 모습들을 보면서 정말 육아는 자원으로 하는 것이 아닌 엄마의 정성으로 하는 것임을 여실히 볼 수 있었다. 첫 아이와 함께 했던 시간은 신혼살림에 책도, 아이의 놀거리도 많지 않았지만 엄마의 정성은 너무나도 많은 책과 놀이를 복제할 수 있었다. 많은 것은 필요 없다는 생각과 엄마가 가장 좋은 놀이세상이며 가장 좋은 교사가 되어 준다는 소신은 아이와 순수하게 눈을 맞추기에 충분했다.

아이를 키우다 보면 내 아이를 어떻게 하면 잘 키울 수 있는지 그 해법에 갈증을 느끼게 된다. 나도 마찬가지였다. 여기저기 사람을 찾진 않았지만 육아서들을 찾게 되었다. 그런데 때로는 육아서가 역효과가 난다는 생각이 들었다. 방법론적인 육아서를 읽고 나면 그곳에 나오는 아이들의 모습과 나의 아이들의 모습에서 격차를 느꼈다. 그것은 따질 것도 없이 엄마의 육아 격차 때문일 것이다. 책을 읽고 나면 이렇게 해 주어야 아이에게 이런 결과가 나는구나 하며 마음에 조바심이 찾아왔다. 그럼 어제와 똑같은 아이들인데 아이들이 다르게 보였다. 놀면서 키우자고 해놓고 마냥 놀기만 하는 아이들이 답답하게 느껴진다. 이렇게 손 놓고 있다 낭패당하는 것은 아닐까 하는 불안도 스쳐 지나간다.

그러면서 갑자기 안 틀어주던 영어 시디도 틀어주고, 자면서 들으면 좋다고 자는 머리맡에 놓아도 보며 안 하던 행동을 해 본다. 그런데 지속성을 갖기가 힘들다. 내 마음에서 어떠한 소신과 철학을 가지고 시작한 일이 아니기 때문이다. 두리번두리번 하다 좋다더라로 시작한 일이기 때문에 뚝심 있게 해 나가기가 힘든 것이다. 엄마의 불안함과 조바심의 소용돌이에 아이들만 어지럽다.

누군가에게 물어보아서 얻은 솔루션이 과연 나에게 좋은 정답이 될 수 있을까? 가장 좋은 솔루션을 준다고 해도 그것을 실행해야 하는 것은 바로 나라는 사실을 기억해야 한다. 아무리 좋은 해법이 있어도 내가 할 수 없으면 그것은 내 것이 될 수 없다. 그리고 소신이 없이 행해지는 행동은 지속성을 갖기 어렵다. 소신껏 내가 잘할 수 있는 것을 찾아내 아이를 바라보며 해 나갈 때 그곳에서부터 답은 보일 것이다.

무엇보다 중요한 것은 나의 자녀관과 교육관을 점검하는 것이다. 내 아이를 어떤 사람으로 키울 것인가에 대한 확고한 신념을 갖고 있지 않으면 쓸데없는 정보에 현혹되어 많은 시행착오를 겪을 수밖에 없다.

소신 있는 엄마는 자신의 내면과 아이의 소리에 귀를 기울이며, 자기와 자녀를 향한 이해를 키워간다. 자기 생각을 잘 정리하는 방법으로 글쓰기만한 것도 없다. 종이를 펴놓고 나는 우리 아이가 어떤 아이로 성장하기를 원하는지 써보라. 추구하는 가치들을 쓰고 그러한 아이로 자라게 하기 위해 필요한 세부 사항을 기록해 가다 보면 생각이 정리되고 내가 가지고 있는 소신이 명확해진다. 이렇게 정리된 글을 그때그때 꺼내 보면서 일관성 있는 가치를 추구해 나갈 수 있을 것이다. 한결같은 마음을 유지하게 되고 나만의 방법으로 내 아이와 눈을 맞추는 육아에 힘을 얻을 것이다.

무엇을 하는 사람으로 자라길 원하는지가 아니라 어떠한 사람으로 자라나길 원하는지 중요한 소신들을 정리해 보자. 밖을 바라보던 눈을 돌려 내 안을, 내 아이를 바라보자.

'많은 것들이 우리를 기다려 준다. 하지만 아이들은 기다려 주지 않는다. 지금 이 순간에도 아이들의 뼈는 단단해지고, 피가 만들어지고 있으며 감각은 발달하고 있다. 아이들에게 우리는 내일이라고 말할 수 없다. 그들의 이름은 오늘이다.' 가브리엘라 미스트랄의 명언이다.

우리 아이들은 지금도 성장을 멈추지 않는다. 여기저기 바라보느라 우리 아이가 크는 모습과 중요한 가치를 놓칠 수 없다. 이것저것 방법을 찾고 여기저기 기웃기웃하는 사이 아이들은 어느새 자라 있을 것이다. 바로 오늘이다. 바로 오늘 내 아이와 함께 눈을 맞추며 나의 소신을 담아 육아하자.

아이들은 정서로 모든 것을 기억한다

×
×
×

서로 다른 남자와 여자가 만나 가정을 이루어, 자녀를 낳고 살아간다. 가정을 이루며 살아갈 때, 부부의 서로 다른 부분은 서로에게 상호보완적 요소가 되어 준다. 그러나 그 다른 부분으로 인해 다투는 일이 생기는 것을 부정할 수가 없다. 우리 부부에게도 서로 다르기 때문에 매번 의견 차이가 나는 부분이 있었다. 난 아이들이 흙을 밟으며 마음껏 뛰어놀기를 바라고, 바다며 산이며 자연을 만나는 기회를 많이 주며 키우기를 원했다.

하지만 남편은 달랐다. 남편의 직장은 늘 치열하고 바빠 체력적으로 지칠 때가 많았고 안전을 중요하게 생각하는 남편은 아직은 아이들이 어려서 안 된다고 말했다. 그로 인해 매번 여행 얘기를 할 때마다 트러블을 생겼다. 바닷가 여행이라도 가고 싶어 얘기하면 남편은 "너무 장거리라 아이들이 차에서 긴 시간 힘들어. 아직 아이들이 어린데 바닷가는 위험하고, 어려서 기억도 못 하는데 좀 크면 가자."라고 말했다. 난 그때마다 "아이들은 정서로 기억해요."라고 답했다.

아이들이 어렸을 때 기억을 뚜렷하게 하지 못한다고 기억을 못 하는 것이 아니다. 아이들은 정서로 모든 것을 기억하고 있다.

장성한 한 성인 남자가 있었다. 친구들은 피로감을 느낄 때면 뜨거운 욕조에 물을 받아 놓고 들어가 쉰다고들 하는데 이분은 그런 친구들을 공감할 수가 없었다. 성인이 될 때까지 욕조에 들어가서 목욕을 한 적이 없었기 때문이다. 어릴 때부터 지금까지 욕조에 몸을 담근 적도 없었고 욕조 안이 이유도 없이 싫고 생각만 해도 뭔가 식은땀이 나는 듯 불편했다. 욕조에 대한 거부감의 원인을 알고 싶었고 해결하고 싶었다. 남자는 용기를 내어 치료실을 찾았고 치료 과정 중 욕조에 들어가는 시도를 통해 엄마에게 외면당하는 장면을 온몸으로 기억하게 된다.

따뜻한 물에 몸을 담그는 과정에서 몸서리치며 태아 때 엄마가 자신을 떼어내려고 뜨거운 욕조에 몸을 담그고 있었던 일을 기억해 낸다. 기억해 냈다고 말하기에는 태아 때 일이기에 설명이 어려웠다. 그래서 그 일 이후 사실 진위에 대한 검증이 필요했다. 치료 과정 중 있었던 일을 엄마에게 얘기하며 진실을 말해달라고 했을 때 엄마는 모든 사실을 인정했고 진심 어린 눈물로 사과를 했다. 엄마의 진심 어린 사과를 들은 이후 아들의 증상도 치유가 되었다. 이처럼 아이들의 정서는 놀랍게도 태아 때부터 형성되는 것이다. 이렇게 생명이 시작되는 태아 시기부터 시작해 아이들은 모든 것을 정서로 기억하고 있다.

아이들이 어리기에 이런 것은 기억도 못 하겠지 생각할 수 있으나 모든 상황에 각인된 정서는 아이들 안에 있고 아이들에게 영향을 미치게 된다. 그래서 늘 남편의 말에 "여보, 어디를 다녀왔는지 아이들이 어려 세세히 기억을 못 하겠지만 아이들은 엄마, 아빠와 함께 자연에서 뛰어논 행복감을 온몸으로 기억해 정서로 담고 있어. 그래서 그 정서를 기반으로 성장해요."라고 말했었다.

나도 그 말을 피부로 느낀 적이 있었다. 내가 막 셋째를 낳고 100일이 되었을 때의 일이다. 나는 그때 '어머니 학교'라는 프로그램을 참여하게 되었다. 셋째 임신 기간에 남편이 먼저 '아버지 학교' 과정에 참여했었고 마침 가까운 곳에서 '어머니 학교'가 열려 이번엔 내가 참여하게 되었다. 앞으로는 육아에 더 바빠질 것이고 세 아이 엄마로 막중한 책임을 느낀 나는 기회가 있을 때 하면 좋겠다 싶어, 남편의 지지와 배려 속에 모유를 짜 놓고 주 1회, 10주 과정의 어머니 학교에 참여했었다.

어머니 학교 프로그램 중 아빠에게 편지를 쓰는 시간이 있었다.

아빠에게 편지를 쓴다는 것이 누구에게는 익숙한 일일 수도 있겠으나 여섯 살 때 아빠가 돌아가신 내게는 너무나 생경한 일이었다. 나는 너무 어릴 때라 아빠와의 기억을 세세하게 가지고 있지 않다. 단편의 짧은 기억을 가족들에게 들어 알고 있는 이야기들에 퍼즐을 맞추어 기억하고 있다고 해야 맞을 것이다.

아빠는 너무나 자상한 분이셨다고 한다. 엄마는 '너희 아빠는 아이들에게 너무나 자상한 아빠셨다. 아이들에게 그렇게 자상한 아빠도 드물 거야.'라는 말을 자주 하셨다. 큰언니 말에 의하면 아빠는 한 번도 소리를 높이거나 화를 내며 때리신 적이 없으셨다고 했다. 훈계가 필요한 때라고 생각하시면, 하루 날을 잡아 모두 불러 놓고, 하나하나 말해 주며 훈계를 하셨다고 했다. 애를 키워보니 그렇게 인격적으로 훈계하는 일이 쉬운 일이 아님을 알게 되었다고 말했다.

시골에 살던 어린 시절에는 동물을 좋아하는 오빠를 위해서 같이 산에 가 산새를 잡아주시기도 하고, 자녀들이 숙제할 때면 옆에서 책을 읽으며 공부 분위기를 만들어 주셨다고 했다. 그리고 늘 연필도 깎아 놓으시고 가방도 같이 챙겨 주시는 살뜰한 아빠셨다고 했다. 근면 성실하기로는 둘째가라면 서러웠고 주변에 가난한 친지들을 거두고 돌아보았던 아빠가 돌아가셨을 때, 모두 아까운 사람이 세상을 떠났다고 했다.

엄마는 아빠가 막내인 나를 너무 예뻐하셔서 바닥에 내려놓은 적이 없다고, 항상 아빠 무릎 위에 앉혀 놓으셨다고 하셨다. 또 무슨 일이 있으면 늘 내 편을 들어주셨다고 하셨다. 후에 엄마에게 이야기를 듣고 생각해 보니 "아빠! 오빠가 내 것 뺏어갔어."라고 울먹이면 그때마다 자상하게 웃으시며 "그랬어? 이리 와." 하며 포근히 안아주시고 오빠를 혼내주셨던 기억이 난다.

늘 아빠가 출근하시려고 문을 열고 나가시면 나는 엄마 몰래 창가로 가 창문으로 출근하는 아빠를 부르고 손을 내밀었다. "아빠, 100원만." 그러면 아빠는 빙그레 웃으시며 "아빠 돈 없다. 이따 봐." 하며 손을 흔들며 출근을 하셨다. 나는 매일 아침 창문으로 손을 내밀었고 아빠도 늘 처음 있는 일처럼 웃으시며 같은 대답을 하고 출근을 하셨다. 후에 아빠가 엄청 검소하신 분이었다는 얘기를 들었을 때 그래서 그때 그러셨구나 생각할 정도로 나는 아빠를 온전히 기억하는 부분이 적었다.

처음 아빠를 부르며 편지를 써나가다 보니 편지가 술술 써 내려져 갔다. 그리고 어느덧 아빠를 부르며 편지를 쓰고 있는데 얼굴 가득 미소가 번졌다. 나도 예상하지 못한 일이었다. 슬플 줄 알았는데 오히려 환하게 웃으며 해맑은 마음으로 편지를 쓰고 있는 것이었다. 마음 가득 무언가 따뜻하고 평안한 것이 퍼졌다. 두 장 정도의 편지를 거침없이 쓰고 마무리 인사를 하려고 하는데 그때가 되니 마음이 애잔해졌다. 펜을 놓으며, 행복감과 편안함에 젖어 마냥 사랑받던 여섯 살 아이에서 어른으로 돌아오는 순간 나는 깨달았다. '내 안에 아빠에 대한 기억을 정서로 다 가지고 있었구나.' 다시 한 번 "아이들은 정서로 모든 것을 기억해요."라는 말을 실감하는 순간이었다.

아이들은 정서로 모든 것을 기억한다. 아이들을 데리고 해외여

행을 간다고 해도 엄마 아빠는 쇼핑에 바쁘고 아이들은 영상을 보는 시간이 된다면 어떨까? 아이의 기억 속에서 그곳은 특별한 곳이 될 수 없을 것이다. 또 모처럼 아이들과 행복한 시간을 계획했는데 그날 여행지로 가는 차 속에서 엄마 아빠의 고성이 오가고 여행 내내 엄마 아빠의 대립이 계속된다면 오롯이 불안감을 느껴야 하는 시간이 될 것이다.

이런 각도로 본다면 크게 아이들과 특별한 시간을 계획하지 못한다 해도 아이들을 위해 거실에 펴놓은 텐트 안에서도 아이들은 특별한 기억을 저장할 수 있고 엄마, 아빠와 거니는 집 앞 산책길에서도 오래 안고 갈 안정감과 평온함의 정서를 선물 받을 수 있을 것이다.

'아이가 다 기억하겠어?'가 아니라 '정서로 담고 있다.'라는 것을 기억하고 아이의 평생 자산이 될 따뜻하고 평온한 정서를 선물해 주자.

아이의 긍정적인 성격은 엄마의 언어로 형성된다

'콩 심은 데 콩 나고 팥 심은 데 팥 난다.', '가는 말이 고와야 오는 말이 곱다.'라는 속담들이 있다. 예부터 말에 대한 속담이 많은 이유는 그만큼 언어가 중요하기 때문일 것이다.

육아에서도 언어는 매우 중요한 부분이다. 태중에서부터 가장 먼저 발달하는 기능이 바로 청각이며 아기는 뱃속에서부터 엄마의 말을 듣고 자란다. 엄마라는 존재는 아기에게 온 세상과도 같으며 엄마의 말은 아기가 세상을 배워가는 소리가 된다. 엄마가 어떤 언어를 사용하느냐에 따라 아이의 품성에도 많은 영향을 미친다.

만약 내 아이가 긍정적인 아이로 자라길 바란다면 엄마가 먼저 긍정적인 언어를 사용해야 할 것이다. 아이에게 항상 칭찬과 격려를 해 줄 수 있다면 더할 나위 없겠지만 육아를 하다 보면 그렇지 못하다는 것을 우리는 알고 있다. 경계를 정해 주어야 할 일도 있고 훈계해야 할 일도 많다. 그럴 땐 같은 메시지를 전달하더라도 "안 돼."라는 부정어보다는 "이렇게 하면 좋겠다."라는 긍정어를 선택하면 더 좋을 것이다. 이 부분은 늘 생활 속에서 익숙해지도록 연습과 노력이 필요한 부분인 것 같다.

내가 아이들에게 자주 부탁하는 말이 있다. 아이들이 '이렇다, 저렇다' 하며 투닥투닥 싸울 때를 보면 불만이 있어 먼저 말을 꺼낸 사람도, 응대하는 사람도 아무런 승산이 없는 말씨름만 계속되는 것을 볼 수 있다.

그럴 때마다 "너희가 원하는 것을 말하면 좋겠어. 나무라는 것 같으니 변명하게 되고, 그 말을 되받아치니 끝이 없지. 이럴 때는 '이거 왜 그랬어?' 하기보다는 '이것을 이렇게 해 주면 좋겠어.' 하고 너희의 바람을 말하면 좋겠다."

아이들에게 자주 말하는 이 메시지는 아이들보다 내가 더 자주 기억하고 실천해야 하는 말이기도 하다. 나도 매번 남편에게나 아이들에게나 아무 영양가 없는 질타나 지적보다는 '나의 원함을 간단한 메시지로 전달하자.'라고 다짐한다. 다짐한다는 건 그만큼 쉽지 않다는 말일 것이다. 마음이 급해지면 단번에 부정문을 사용하게 되기도 하고 이미 길어지면 전달되지도 못할 넘치는 말을 하게 된다. 다시 한번 이 한 줄 대화법을 마음에 새기고 가자. '꼭 전해야 할 메시지는 자신의 바람을 담아 간단명료하게 긍정문으로 전달하기.' 이 대화법이 익숙해지면 모두에게 유익할 것이다.

이렇게 아이에게 전달할 내용을 긍정문으로 사용하는 것도 중요하겠지만 그만큼 중요한 것이 있다. 바로 내 아이나 아이의 환경을, 엄마가 어떻게 언어로 규정해 주는가이다. 어떠한 언어를 선택하느냐에 따라 아이가 느끼고 생각하는 것은 달라진다. 똑같은 상황에서 엄마의 언어 규정에 따라 아이가 그 상황을 기쁨과 배움이라는 기억으로 가져갈 수도 있고 좌절이나 수치심으로 품고 갈 수도 있는 것이다.

조세핀 킴 교수님의 어머니야말로 이 부분을 너무 잘해 주셨던 분이라고 생각한다. 조세핀 킴 교수는 학업과 성적 위주의 한국 사회가 '자존감'이라는 키워드에 관심 갖게 하고, 자존감의 중요성을 깨닫는 데 큰 공헌을 해 주신 분이다. 조세핀 킴 교수는 하버드대학교 교육대학원에서 상담과 교육학을 가르치고 계신다. 버지니아 총기 난사 사건이 발생한 후, 한국에서 자문을 구하는 계기로 귀국하셔서 많은 영향력을 끼치게 되셨고 자존감의 중요성을 알리게 되었다. 조세핀 킴은 몹시 가난한 목회자의 가정에서 자랐다.

어느 날 학교가 끝나고 집에 돌아온 딸이 "엄마! 집에 오는 길에 보니, 꽃들이 활짝 피었고요. 나비가 날아다녀요."라고 말했다고 한다. 엄마는 아이가 거짓말하는 것을 바로 알았다. 가난한 동네의 한쪽 길에 쓰레기 더미가 가득했기 때문이다. “우리 명화가 상상력이 뛰어나구나. 어떻게 그곳을 보고 그런 생각을 했지? 이렇게 상상력이 뛰어나니 분명 명화는 글쓰기를 아주 잘하겠구나. 아름다운 글도 아주 잘 쓰겠어.”라고 말했다고 한다. 정말 범상치 않은 엄마라는 생각이 든다. 평범한 엄마라면 깜짝 놀라서 “얘는 무슨 소리를 하는 거야? 우리 집 오는 길에 꽃길이 어디 있다고. 그 쓰레기 길을 보고 너 그렇게 얘기하면 그거 거짓말이야. 엄마가 거짓말은 안 된다고 했지?”라고 했을 것이다.

그런데 조세핀 킴의 엄마는 아이의 말을 ‘거짓말’이라고 규정하지 않았다. 엄마는 ‘상상력’이라고 정의했다. 딸은 하버드 교수의 자리에 서기까지 수많은 글쓰기를 했는데 글쓰기가 한 번도 어려운 적이 없었다고 한다. ‘이렇게 상상력이 뛰어나니 분명 명화는 글쓰기를 잘할 것이다.’라는 엄마의 말 덕분이었다.

아이와 함께 하는 시간 일어나는 많은 일속에서 엄마가 이렇게 현명하게 언어를 선택할 수 있다면 얼마나 좋을까? 아이의 어떤 모습이라도, 그 모습 속에서 긍정을 찾아 긍정의 언어로 규정해 준다면 아이는 그 속에서 자존감을 세워 갈 것이며, 엄마의 말대로 긍정의 모습으로 자랄 것이다. 그리고 아이 또한 삶의 환경이나 모습에서 좋은 면을 먼저 찾아내는 긍정적인 아이로 자랄 것이다.

세 딸을 데리고 다니면 다들 한마디씩 하신다. 특히 나이 드신 어른들은 더 그렇다. 제일 많이 하시는 말씀은 "아고, 애기엄마 좋겠네. 커서 비행기 엄청 타겠어. 지금은 좀 힘들어도 나중엔 좋아."라는 말씀이었다. 그럴 때면 나도 항상 하는 말이 있었다. "네, 감사합니다. 딸이 셋이라 좋아요. 지금도 참 좋아요." 이 말은 정말 나의 본심이었다. 어린 세 딸과 힘들 때도 있지만 나는 늘 딸이 셋이라 좋았고 다둥이 맘인 것이 좋았다. 그리고 늘 곁에서 그 말을 듣고 있는 딸들이 있었기에 난 더욱더 지금도 좋다고 말했었다. '너희들은 엄마의 힘듦이 아니라 기쁨이야.'라는 간접 메시지인 것이다.

보통은 딸 셋을 보고 다 좋은 말씀들을 해 주신다. 그런데 한번은 어떤 아저씨가 지나가시면서 "이 엄마는 딸 셋을 낳았네. 이 집은 딸이 셋이야?" 하고 지나가셨다. 말에 분위기라는 것이 있지 않은가? 뉘앙스가 긍정적인 내용은 아니었다.

그런데 재미있는 것은 그 말을 들은 둘째 딸이 "엄마 또 칭찬받았네."라고 말하는 것이었다. 아저씨의 표정이나 말을 주의 깊게 듣지 못한 딸은 당연히 엄마가 칭찬을 받았다고 생각한 것이다. 즉, 우리 딸의 생각에는 '딸이 셋이네.'라는 말은 바로 칭찬의 말로 각인 되어 있었고 자기들은 엄마의 칭찬 제목이 된다고 생각하고 있는 것이다.

그 순간 깨달았다. 그 어떤 말이든 엄마가 정의하는 말이 아이들에게 더 중요하다는 것을. 항상 엄마가 딸이 셋인 것에 대한 그 어떤 말도 감사로 받고 더한 긍정의 말로 답하니 오가는 대화 속에서 딸들은 자신의 존재를 긍정으로 받아들이고 있었다.

아이들의 모습 속에서 긍정을 찾는 것처럼 중요한 것은 삶 속에서 긍정을 찾는 자세일 것이다. 이것을 연습하기에 감사만큼이나 좋은 것은 없는 것 같다. 감사할 것은 어디에든 있다. 감사할 수 없을 것 같은 환경에서도 긍정의 사람은 숨어 있는 감사를 찾아낸다. 감사를 찾아내는 능력도 습관인 것 같다. 그래서 아이들과 자기 전에 감사 제목을 한 가지씩 나누기도 하고 서로에 대한 감사를 나누기도 한다. 이렇듯 아이들과 감사 제목을 나누다 보면 여전히 제일 먼저 실천해야 할 사람이 나라는 생각이 든다.

아이에게 되도록 긍정화법을 사용하고 아이의 존재 자체를 긍정하자. 또한 아이의 어떤 모습이든지, 그 모습 속에서 긍정을 찾아 들려주자. 또 아이와 함께 감사하는 습관을 실천해 가며 엄마의 언어 속에서 긍정의 아이들로 키우자.

아이들에겐 각자의 고유성이 있다

×
×
×

알알이 빼곡히 차 있는 옥수수가 집에 도착했다. 지인이 옥수수 철을 맞아, 여수에서 가족이 직접 재배한 옥수수를 한 박스를 보내주신 것이다. 남편과 차로 이동하며 지인에 대한 고마운 마음이며 아이들과 옥수수를 삶았던 일 등을 이야기하고 있는데, 마침 도로 한편에 옥수수가 줄지어 심어져 있는 것이 눈에 들어왔다.

"신기하다. 저 옥수수 한 알에서 저렇게 큰 옥수수가 나오고, 거기에 또 옥수수 씨가 가득 박혀있고" 운전하는 남편이 피식 웃으며 말한다. "복숭아는 더 신기해. 딱딱한 겉 씨 안에 부드러운 속 씨가 들어있어. 씨앗부터 열매가 다 다르잖아."라는 남편의 말에 "그러게, 신기하다. 꼭 우리 아이들 같다. 어쩜 셋이 그렇게 다른지 몰라. 천성이 다 다르잖아."라며 집에 두고 온 아이들의 성격부터 타고난 재주들을 한참 이야기했다.

첫 아이를 키우면서 아이들은 천성을 가지고 태어난다고 생각했다. 그런데 셋을 기르다 보니 정말 각자가 타고난 재주와 성격이 다 다름을 확연하게 느낀다. 한 부모에게서 나와 같은 환경에서 자라는데도 각각이 참 다르다. 천성은 하늘이 주신 성품으로 날 때부터 가지고 태어나는 성격이다. 자신만의 고유성을 말한다. 이 세상에 같은 아이는 하나도 없다. 아이들은 자신만의 고유한 성품과 탁월성 가지고 태어난다.

그런데 우리는 교육이라는 이름하에 하나의 가치를 추구하며 아이들을 키우고 있지 않은지 생각해 보게 된다. 아이들은 각자의 재주와 특성이 있는데 그 모든 것이 공부의 탁월성으로 귀결되어야 한다고 생각하고 있진 않은가?

각자의 고유한 씨를 가지고 태어나 이 땅에 심겨져 자라고 있다. 정성스럽게 물을 주고 사랑으로 키웠다고 해도 옥수수 씨를 보고 달콤한 복숭아를 내놓으라고 생떼를 쓸 수는 없을 것이다. 아이들이 각자가 가지고 온 씨대로 건강하게 자라서 자신의 열매를 거두기를 바라며 세 딸의 각양의 열매를 그려본다.

그러고 보니 아이의 고유성을 존중하는 부분을 말하기에는 나는 참 불량한 엄마인지도 모르겠다. 다둥이 육아를 하다 보니 각자의 자질, 기호들을 충분히 존중하기보다는 엄마의 편의에 의해 이루어질 때가 있다.

물론 학업을 위해 아이들을 내몰지 않으려고 내 나름의 중심을 지키려고 하지만 밥 먹는 시간이나 어떤 결정을 할 때 아이들 각자의 고유성을 인정해 주는 것은 힘들다. 막내는 친구 따라 강남이 아닌, 언니 따라 합기도에 간다. 3종 세트가 되는 것이다. 체력증진 및 성장발육촉진 등 여러 가지 합당한 이유가 있지만, 엄연히 말하면 엄마의 편의성 의도가 많이 들어있다. 다행히 같이 신나게 다니는 것이 감사할 뿐이었다. 지금은 코로나로 합기도에 다녔던 일도 추억이 되어버렸지만 말이다.

아이의 고유성에 대해 생각하면 내게는 어김없이 떠오르는 것이 있다. 큰아이가 눈을 동그랗게 뜨고 울음 섞인 목소리로 나를 바라보며 했던 말이다. 추운 겨울날 냉기가 느껴지는 실내에서 있었던 일이다. 나는 온풍기도 꺼진 실내 공간에서 오리털 옷을 입고도 추워 발을 동동 구르고 있는데 큰아이가 외투도 입지 않고 친구들과 〈나 잡아봐라〉를 하며 '발발발' 뛰어다닌다. 추우니까 옷을 입으라고 해도 괜찮다며 신나게 뛰어다닌다. 저렇게 뛰어놀다 갑자기 한기를 느낄까 봐 옷을 입어야 한다고 뛰는 아이를 붙잡았다. "이러다 감기 들어. 어서 옷 입어." 그러자 아이가 눈을 동그랗게 뜨고 엄마를 바라보며 말한다.

"엄마! 엄마 몸이 아니잖아요. 난 춥지 않아요. 내가 더 잘 알아요." 얼마나 억울한지 울먹이기까지 한다. 그 모습을 보고 있으니 이제 이런 말도 하는구나 싶어 속에서 '풋' 하고 웃음이 났다.

맞는 말이다 싶어 "그래, 추울 것 같으면 네가 입어. 네 몸은 네가 잘 아니까." 하고 아이를 놓아주었다. 그때가 딱 일곱 살이었다. 자기의 주관이 뚜렷해지고 주장이 많아지는 시기로 엄마들 사이에서 미운 일곱 살로 불리는 그 일곱 살 말이다. 지금은 아이들이 빨라져 죽이고 싶은 일곱 살, 미운 다섯 살이라는 우스갯소리도 나오고 있다.

그렇게 '엄마! 엄마 몸이 아니잖아요.'라고 말하던 딸이 어느새 커서 초등학교 6학년이 되었다.

그런데 6학년인 딸이 이제 '엄마! 엄마 마음이 아니잖아요.'라고 말하고 있는 것 같다.

맑음과 흐름을 왔다 갔다 하며 자기도 자기 마음이 왜 이런지 모르겠다고 한다. 어떤 날은 어린 동생들과 보자기를 꺼내 들고 천방지축, 시끌벅적하게 놀다가도 또 어느새 조용히 혼자만의 공간이 필요하다며 분위기를 잡는다. 엄마에게도 조목조목 따지거나, 말씨름을 하다 말고, 답답하다는 듯 말을 삼키기도 하며, 엄마 마음을 상하게 했다. 또 그러다가도 언제 그랬냐는 듯 엄마의 팔짱을 끼고 학교에서 있었던 일들을 종알거리기도 하고 등 뒤에서 포옥하니 엄마를 안기도 한다. 자타인정 사춘기인 것이다.

동생들에게 예민하고 큰 소리를 내는 딸을 보며 엄마도 목소리가 커지고 눈에서는 레이저가 나간다. 그런 날이면 목소리가 커진 만큼 엄마의 마음도 내려앉는다. 깊이 생각하며 머리로 아는 내용이 마음으로 내려가 몸으로 뻗어 나오기를 바라는 마음으로 혼자 읊조린다. '아이도 이차 성징과 함께 건강하게 자아를 찾아가고 있어. 아이가 잘 크고 있는 것이니 나의 육아 방식도 성장해야지. 언제까지 아이를 우격다짐으로 훈계하려고 할 거야. 나도 이제 성장한 아이만큼 성장한 엄마의 모습으로 양육해야지.' 하며 나와의 대화가 시작된다.

언젠가 책을 읽다가 좋은 글귀를 발견한 적이 있다. "일곱 살, 사춘기 때 많이 안아주세요."라는 말이다. 그 글귀를 만났을 때는 큰아이가 아직 일곱 살이 되기 전이라 왜 많이 안아주라고 하는지 다 알지 못했지만 한 줄 마법처럼 마음에 간직하고 있었다. 큰딸이 일곱 살이 되었을 때 그 글귀 덕분에 동생들 사이에서 마냥 의젓하게만 보이던 큰딸을 많이 안아줄 수 있었다. 나는 이제 사춘기에 접어든 큰딸을 그때처럼 자주 안아주려고 한다. 그리고 이제는 그 말을 나만의 언어로 다시 정의해 본다.

'아이가 자신의 고유성을 인정해 달라고 소리를 낼 때 아이를 많이 안아주세요.'

"엄마! 나 하버드에 갈 것 같아요."

×
×
×

"엄마! 나 하버드에 갈 것 같아요." 설거지를 하고 있는데 큰딸이 밑도 끝도 없이 엄마를 부르며 하는 말이다. 뒤를 돌아보니 책 한 권을 들고나왔다. 무슨 책인가 보니 다름 아닌 엄마가 읽는 책이다.

큰딸은 초등학교 4학년 즈음부터 엄마 책꽂이에 꽂힌 책들을 심심찮게 꺼내 읽었다. 큰딸에게 부러운 것은 책 읽는 속도가 빠르다는 것이다. 엄마들 책 한 권도 손에 들면 한두 시간 안에 정독을 끝낸다. 딸이 책 읽기가 빠른 이유는 어릴 때부터 다독한 습관 때문인 것 같다. 첫아이다 보니 엄마 무릎에서 많은 책을 읽어 주었고 딸은 책과 친구가 되어 자라갔다. 네 살 때 한글을 떼고 나서는 다섯 살 때부터는 혼자 읽겠다며 글 밥 많은 책을 쌓아가며 읽던 딸이다. 그러다 보니 책을 읽다 보면 엄마가 불러도 모르고, 동생들이 뭐라고 해도 모를 때가 있다. 물론 그 때문에 엄마에게 핀잔도 받지만, 그 몰입감과 속도감이 부럽기만 하다.

초등학교 5학년이 된 큰딸이 그날은 조세핀 킴의 《우리 아이 자존감의 비밀》이라는 책을 들고나오며 하는 말이다. "갑자기 하버드에 갈 것 같다니 그게 무슨 말이야?"라고 물으니 딸이 신이 나서 얘기한다. "엄마 이 책을 읽어 보니 아이들을 하버드에 보낸 엄마들이랑 엄마랑 비슷한 게 많아." 그 말을 들으니 기쁘면서도 황송하기만 했다.

만약, '이런 엄마 되지 마라.'는 책이 있었다면 그 안에도 내 모습들이 얼마나 많이 담겨 있었을까? 그런데도 딸이 이렇게 인지해 주니 고마울 따름이었다.

딸은 책을 읽으며 자기가 이만큼 잘 자라고, 이렇게 성격이 좋고 긍정적인 것은 엄마가 그렇게 키워서 그렇다는 것이다. 엄마는 다른 엄마들이나 여기 나오는 한국 엄마들처럼 이거 하면 '안 돼.', '하지 마.' 하며 엄마 마음대로 하지 않고 아이의 뜻을 물어본다고 얘기해 주었다. 하버드를 보낸 엄마들처럼 아이들을 믿어 주고 스스로 해낼 수 있도록 아이들을 지켜봐 준다는 것이다. 그러면서 아주 단순, 명랑하게 내린 결론이 여기 나오는 하버드대에 간 학생들 엄마들이랑 엄마가 비슷하니, 자기도 하버드에 갈 수 있겠다는 것이다. 아이다운 생각에 웃음이 났지만 아이가 내 마음에 품은 뜻을 알고 있는 것 같아 신기했다.

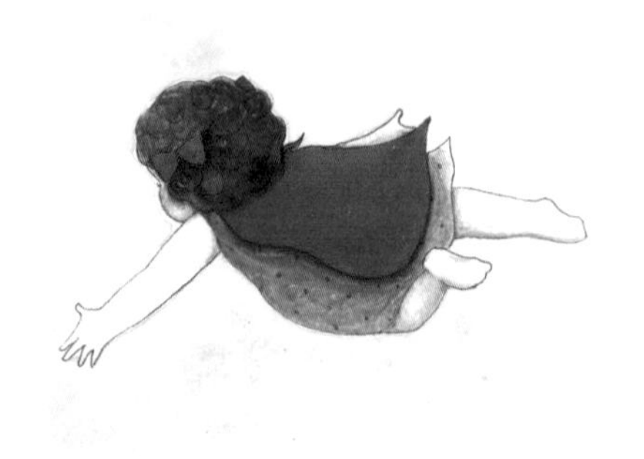

결혼하기 전부터 육아를 생각하며 품고 있던 키워드가 있다면 바로 '자존감'이었다.

안정적인 애착 형성 안에서 자존감이, 건강한 아이로 성장한다면 이것으로 충분하다고 생각했다. 이것이 엄마가 해 줄 수 있는 최선이고 최고이며 그 나머지는 아이가 해나갈 몫이라고 생각했다. 그 생각을 아이가 알기라도 한 듯이 입으로 그대로 들려주는 것만 같아 감사했다. 딸 덕분에 다시 한번 책 속에서 하버드 학생들을 키운 엄마들의 면모를 살피게 되었다.

《우리 아이 자존감의 비밀》에서 말하는 하버드 학생의 특징은 책의 제목과 같이 그 비밀은 자존감에 있었다. 하버드 학생들도 평범한 어린 시절을 보낸다. 그러나 그 안을 들여다보면 자존감을 세워주는 양육 방식으로 자랐다는 공통점이 있었다. 자녀가 초등학교에 들어가기 전 가장 많이 신경 쓴 부분은 조기교육이 아니라 가급적 아이들과 함께 시간을 보내는 것이었다. 일하는 바쁜 엄마들은 저녁 시간이나 주말을 이용해서라도 충분한 사랑을 주는 시간을 확보했다. 확보한 시간을 통해 아이들과 함께 블루마블 게임을 하며 경제교육에 관한 많은 대화를 한다거나 부모와 연극을 하며 다양한 직업을 체험하기도 했다. 즉 하버드대 학생들의 엄마들은 놀이와 교육을 따로 떼어 생각하지 않고 아이와 노는 순간순간을 교육의 기회로 삼고 아이와 함께 놀며, 놀이가 교육이 되게 하였다.

내게도 딱 이런 친구가 있다. 꽤 안정적인 직장을 다니며 열심히 커리어를 쌓고 있는 친구이다. 하나뿐인 외동딸과 후에 친구처럼 여행 다닐 생각을 하며 열심히 일하고 있는 친구를 보면 정말 '똑쟁이'라는 생각이 든다. 왜냐하면 친구는 퇴근 후에는 전화기는 일절 쳐다보지도 않는다.

살림도 남편과 어머니의 도움을 받으며 자신의 포지션은 아이와 순도 100%의 시간을 보내는 것에 둔다. 그 시간을 활용해 얼마나 많은 것을 아이와 함께 하는 줄 모른다. 아이가 원하는 놀이를 하며 정서적으로 충분한 사랑을 주고 지적 호기심이 많은 아이의 욕구를 채워 주는 시간으로 꽉 채워 보낸다. 그런 친구의 모습을 보고 있으면 아이들에게 사랑을 베푸는 농도 짙은 시간에 대해 생각해 보게 된다. 아이들과 함께 하는 시간을 선택했는데 시간의 양으로만 승부하고 있는 것은 아닌지 반성해 보게 된다.

책 속에는 자존감을 세워 주는 말에 대해서도 말하고 있다. 조세핀 킴은 실제로 하버드에서 교육학을 가르치는 교수로 계시기 때문에 많은 하버드 학생들과 이야기를 나누는 분이다. 또 한국에서 아이들을 상담하고 가이드해 주기도 하시기 때문에 한국 아이들과도 많은 대화를 나눈다. 조세핀 킴은 한국 학생들과 하버드 학생들에게 "자라면서 부모님에게 어떤 말을 가장 많이 들었니?"라는 질문을 했다. 그 질문에 대부분의 한국 아이들은 '공부해.'라고 대답했고 그 말에 일종의 노이로제 반응까지 보인다고 했다.

반면에 하버드 학생들은 약속이라도 한 듯 '다 괜찮을 거야.'라고 대답했다고 한다. 시험에 실패했거나 친구 관계로 힘들었을 때도 부모의 이 한마디가 힘을 주고 다시 도약할 수 있게 해 주었다고 한다. 그 외에도 자주 들은 말들은 '네가 가지고 있는 모든 것에 감사하렴.' '너는 귀중한 보물이야.' '가족을 위해 일하시는 아빠에게 잘하렴.' '엄마를 공경해라.'라고 한다. 또한 '어떤 직업을 가졌으면 좋겠다.'는 말도 거의 들어 보지 못했다고 한다. 다만 아이가 원하는 꿈이 무엇인지 관심을 가지고 그 꿈이 이루어질 수 있도록 학교 선생님과 함께 애정을 가지고 도우미 역할을 기꺼이 감당한다고 한다.

한국의 많은 엄마도 아이들을 잘 키우고 싶고 힘이 되어 주고 싶은 마음은 모두 다 같은 마음이었을 것이다. 그러나 정말 많이 다른 모습이라는 생각이 든다. 하버드 학생들은 '공부해.'라는 말은 듣고 자란 적이 없었다니 아이들이 점점 커가며 자주 내 입에서 나오는 말을 돌아보게 된다. 책을 보거나 자신의 놀이에 푹 빠져 있는 아이를 보고 하는 말은 "숙제는 다 했어?"이다. 아이에게 우선순위를 가르치고 자신이 해야 할 일은 책임을 완수해야 한다는 것을 가르치자는 목적도 있겠으나 더 깊이 들여다보면 숙제를 통해 공부라는 과업을 잘해나가야 한다는 숨은 마음이 있었을 것이다.

아이들에게 진정으로 힘을 줄 수 있는 이 단순한 한 문장을 우리도 연습하면 좋겠다. 어쩌면 이 말보다 더 중요한 것은 그 안에 담긴 정신이 아닐까 싶다. 아이에게 이 말을 할 수 있으려면 선행되어야 할 것은 아이의 모습을 볼 때마다 내 안에서 '다 괜찮을 거야.'라는 아이를 향한 믿음이 자리 잡고 있어야 할 것이다. 즉 아이에게 들려주기 전에 먼저 이 말은 육아하는 나 자신에게 들려주어야 하는 말인 것이다.

아이의 시시각각 변화하는 모습을 보며, 아이의 부족한 모습과 실패의 모습 속에서 그 모든 것이 '다 괜찮을 것'이라는 사실을 엄마가 먼저 기억하자.

믿어 주는 엄마가 아이의 주체성을 키운다

×
×
×

"엄마! 엄마는 내가 전교 회장 선거에 나갔으면 좋겠어? 안 나갔으면 좋겠어?" 학교를 다녀온 큰딸이 물었다. 엄마 마음에는 번잡하게 느껴져 안 나갔으면 하는 마음도 있었다. 하지만 도와줄 것도 아니면서 엄마의 사심으로 의견을 말하는 것은 아닌 것 같아, 딸아이가 하고 싶은 대로 결정하면 좋을 것 같다고 말했다. 한 주 정도 고민을 한 딸은 선거에 나가기로 결심하고, 그날부터 컴퓨터 앞에 앉아 열심히 선거 공약문을 작성했다. 혼자 열심히 연습도 하고 엄마 앞에서 공약문을 낭독하기도 하면서 준비해 갔다. 또 어느 날은 친구들을 데려와 피켓이랑 포스터도 만들었다. 내가 하는 일은 선거 날이 언제인지 물어보는 것과 응원하는 것이 전부였다.

선거 날 딸이 소식을 전해왔다. "엄마 나 떨어졌어. 일곱 표 차이로… 아쉬워." 딸의 얼굴에 무안함과 아쉬움이 가득했다. 여전히 내가 할 수 있는 일은 딸의 아쉬운 마음을 위로하고 애썼다고 격려해주는 것이 전부였다. 처음부터 끝까지 스스로 모든 일을 진행하고, 실패까지 고스란히 경험하는 딸이 안쓰럽기도 했지만 기특한 마음이 더 컸다. 이런 실패도 귀한 경험이 될 것이라는 생각이 들었다.

며칠 후 딸이 선거 후일담을 이야기하면서 새로운 이야기를 들려주었다. 회장이 된 친구가 선거운동을 할 때, 친구들에게 핫팩을 나누어 주었다는 것이다. 또 엄마까지 학교 운동장에 오셔서 함께 한 것을 보고 친구들이 불법 선거운동이라고 선생님께 말씀을 드렸다는 것이다. 결국 도덕 선생님께서 딸을 불러 이의를 제기하고 싶으면 문서를 작성하여 제출하면 된다고 하셨다고 한다. 학교 선거관리위원회에서 회의한 후 다시 투표하던지 대처 방안을 마련 할 수도 있을 것 같다며 아이의 생각을 물어 오신 것이다. 딸은 어떻게 하면 좋을지 엄마, 아빠 생각도 물어보고 고민을 하더니 최종 결론을 내려 도덕선생님께 자신의 생각을 전달하였다. "기왕 그 친구가 됐으니 그 친구가 해도 좋을 것 같아요, 선생님. 저는 그냥 회장직을 친구에게 맡겨보도록 할게요."라고 말이다.

딸에게는 실패라면, 실패라고 할 수도 있는 일이다. 하지만 처음부터 끝까지 자기가 선택하고 준비한 일이다. 나는 그것만으로 아이는 자신을 주체성을 길러 가며 훌륭하게 해냈다고 생각한다. 그리고 자신이 주체성을 가지고 선택한 일인 만큼, 실패의 경험도 모든 것이 아이의 인생 공부가 될 것이다.

5학년 말에 선거를 마치고 6학년에 올라가서는, 재미있게도 회장 친구랑 한 반이 되었고 둘은 좋은 친구가 되었다. 딸은 친구가 참 괜찮은 아이라고 말해 주었다. 딸아이와 잘 맞는 친구였나 보다.

그런데 어느 날 딸이 집에 와서는 의아해하며 말했다. "엄마! 친구는 공약문을 엄마가 써 주셨대. 피켓은 학원 미술선생님이랑 만들었다고 하더라고. 근데 공약문을 엄마가 왜 써 주지?" 우리 집에선 상상할 수 없는 모습이라 아이가 눈이 휘둥그레져서 말했다.

어릴 때부터 그랬다. 무언가를 하고 싶어 할 때, 아이 스스로 할 수 있을 때 스스로 도전하게 했다. 그래야 그 모든 일이 진정으로 아이의 것이 된다고 생각했기 때문이다.

때로는 아이들과 함께 하는 일이 번거로울 때도 있지만 아이들이 원하면 기회를 주려고 했다. 특히 막내 같은 경우는 엄마가 하는 모든 살림에 관심을 갖는다. 요리할 때면 뭐든 자기가 하려고 한다. 그때마다 나도 잠시 고민을 한다. 아이가 함께하므로 일이 두 배가 되기 때문이다. 그러나 되도록 아이에게 자리를 주고 역할을 주려고 했다. 엄마의 뒤집개를 건네주고, 상추를 씻을 기회를 줄 때 아이는 그 안에서 기쁨을 느꼈다. 자기가 자발성을 가지고 하고 싶어 한 일에 대해, 엄마가 기회를 주면 '엄마가 날 믿어 주네. 내가 엄마처럼 할 수 있다고 생각해 주네.'라고 생각하면서 만족감을 얻는다. 한 가지 애로 사항이 있다면 다음에는 더 대담한 것들을 요구한다는 것이다.

하지만 처음이 있기에 그 다음도 있다. 하나하나 믿음으로 아이들이 할 수 있는 일과 공간을 줄 때 아이들은 그 안에서 주체성을 가지고 성장한다. 이제는 제법이다. 초등학교 1학년 딸이 해 주는 것들이 엄마에게 힘이 되어 줄 때가 많다.

언제나 드는 생각이지만 아이들은 자신이 직접 경험한 것에 대해서는 애착이 남다르다. 자신이 선택해서 자기가 주도적으로 한 일은 적극성을 띠고 참여한다. 엄마의 강요로 하는 일보다 아이의 자발성과 주도성을 가지고 참여한 일이 의미가 있는 것이다.

교육심리학에서는 사람이 어떤 일을 하고자 하는 욕구나 동기를 크게 '외적 동기'와 '내적 동기'로 설명한다. '외적 동기'는 외부로부터 보상을 받거나 벌을 피하려는 목적으로 활동하는 것을 말한다. 즉, 외부에 의해 시작되는 동기를 말하는 것이다. 그렇기 때문에 '외적 동기'는 주변의 평가나 칭찬이 없으면 금세 식어버리고 스스로 동기를 끌어 올리지 못한다. 반면에 '내적 동기'는 스스로 하고자 하는 마음을 가지고 활동을 하는 것을 말한다. 자신의 내면에서 나오는 동기를 가지고 하기 때문에, 활동 자체가 목적이 되고 그것을 통하여 책임감과 보람을 느낀다. '내적 동기'는 자신의 내면 동기와 욕구로 지속되기 때문에 다른 사람의 평가에 의해 좌지우지되지 않는다. 자신의 내재적 힘으로 일을 끌고 나가게 된다. 아이들도 자신의 내면에서 흥미와 욕구를 가지고 하는 일을 엄마가 믿음의 눈으로 바라보고 지지해 줄 때 스스로 경험해가며 주체성을 키우게 된다. 내적 동기를 가지고 시작한 일인 만큼 내재적 힘을 가지고 지속해 나갈 수 있다. 또한 장애에 부딪혀도 그것을 뛰어넘고 과정을 즐기며 성장해 가는 것을 볼 수 있다.

아이들을 키우면서 매번 깨닫게 되는 모습이다 보니, 세 아이 육아에서 한결같이 지향하는 부분이다. 아이들이 원할 때 소소한 일이라도 기회를 주려고 하고, 또 자신이 원해서 선택한 일에는 자신이 책임을 지게 하는 것이다.

이렇게 자란 큰딸은 주체성이 있는 아이로 자랐다. 학교에서도 연극부 동아리 활동을 하면서, 곧잘 리더 역할을 맡아 기획을 하며 아이들과 작품을 완성해 갔다. 딸은 잘 따라주지 않는 개구쟁이 친구들로 인해 마음고생하기도 했다. 어떤 날은, 발표 날은 다가오고 애들은 안 따라주니 엄마, 아빠 앞에서 하소연하다가 울어버린 날도 있었지만 잘 이겨내고, 결국 발표를 하고 나서 그 뿌듯함을 만끽하느라 자동으로 다음번을 기다렸다.

딸 앞에 놓인 일들을 맨몸으로 겪어 내는 모습들을 보면서 맷집이 생기고 더 넓어지는 것을 보게 된다. 엄마가 가르쳐서 배울 수 있는 부분이 아님을 볼 수 있다. 매번 엄마가 해 줄 수 있는 것은 아이의 마음에 귀를 기울이고 아이의 선택을 존중해 주는 것이다. 잘 해낼 것이라고 믿어 주고 바라보는 것이다.

주체적인 아이는 스스로 사고하고 선택한다. 그리고 내재적 동기를 가지고 그것에 대해 노력하며 결과에 대해서도 스스로 받아들인다. 처음부터 끝까지 자신의 몫이기에 누구를 의지할 것도, 원망할 것도 없다. 그때마다 엄마가 할 역할은 아이를 믿어 주고, 아이의 옆에서 들어주고 엄마로서 받아주는 것, 그것이 전부이다. 아이를 믿어 주며 아이의 주체성을 성장시키자.

제4장

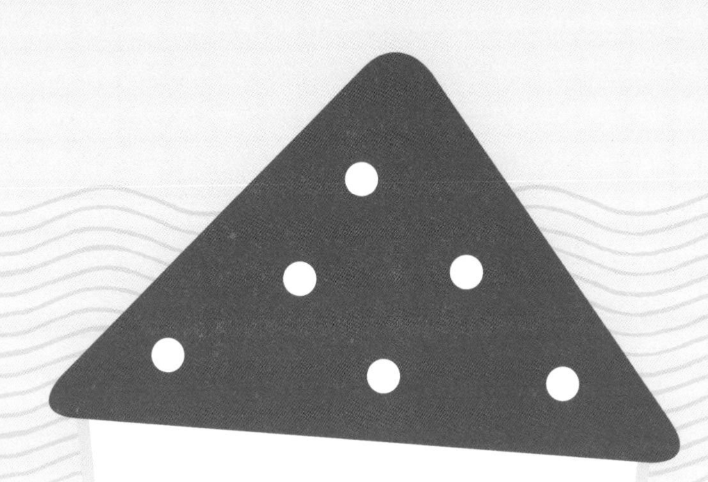

다둥이 엄마의 믿음으로 키우는 육아 솔루션

아이 아빠를 먼저 사랑하라

×
×
×

두 딸이 여섯 살, 네 살, 막내는 8개월쯤 되었을 때의 이야기이다. 아이들은 고만고만하고 어린데 남편은 바빠서 거의 매일 새벽에 퇴근하고 토요일도, 휴일도 없어 독박 육아가 한창이던 시절이었다. 나 홀로 아이 셋과 식사하는 시간은 정신이 하나도 없었다. 아기 띠로 막내를 안고 음식도 만들어야 했다. 식사 시간에 모유 수유를 하는 막내까지 배가 고파 울면, 아이들끼리만 둘 수 없는 식탁 자리에서 젖을 물리면서 아이들을 챙기며 식사를 해야 하는 상황도 벌어졌다. 그럴 때마다 정말 밥을 어디로 먹는지 모르겠고, 식사하는 일도 크지만 뒷정리해야 하는 일도 까마득하게 다가왔다. 서둘러 치우고 막내가 졸려서 떼가 나기 전에 목욕도 시켜 잘 준비도 해야 하고 아이들 책도 읽어줘야 하니 분주하기만 했다.

아이들이 잠들고 나면 녹초가 된 몸은 같이 뻗어서 자고 싶지만, 남아 있는 집안일에 그럴 수도 없었다. 어린 막내부터 젖을 물려 재워 놓고 나면, 어둠 속에서 아이들이 잠들기를 기다렸다가 나와서 아이들이 놀고 난 거실을 한바탕 치워 놓는다. 그래야 내일 하루가 그나마 평온하게 시작되기 때문이다. 거기다 필요한 기저귀며 물티슈며 생활용품들을, 품질과 가격을 비교하고 구매해야 하니 새벽에야 잘 수 있었다. 몸과 마음이 고단했고 남편의 손길이 간절한 시간이었다.

그날도 어김없이 혼자 셋을 먹이고 잘 준비를 하던 때였다. 불을 끄고 여자 넷이 나란히 누워 있는데, 여섯 살 큰아이가 진지한 말투로 말을 건넨다. "엄마! 아빠가 불쌍해. 아빠가 안됐어."라고 말하더니 감정이 더 복받쳤는지 딸은 울기 시작한다. 당황해서 물었다. "왜 아빠가 불쌍해? 왜 그런 생각이 들었어?" 하니 "아빠는 놀지도 못하고, 만날 일하러 가잖아. 나는 유치원에 가서 즐겁게 놀고, 서정이도 어린이집 가서 재미있게 놀고, 서이도 엄마랑 집에서 놀고, 엄마도 노는데 아빠는 못 놀고 매일 일하러 가니까 아빠에게 미안해." 그 말을 듣는 순간 너무 기가 막힌 나머지 '빵' 하고 웃음이 터지고 말았다. 그렇게 진지하게 말하는 아이 앞에서 웃을 수는 없어, 안으로 웃음을 삼키며 웃자니 누워있는 온 몸이 들썩거렸다. 정말 소리도 없이 눈물이 쏙 빠지게 웃었던 날이다.

'누가 논다는 말인가? 아이들 잘 때라도 푹 자고 싶은데 자지 못하고, 아이들을 재우고 나면 나와서 쌓여 있는 집안일을 해야 하지 않았던가? 8개월이 된 막내 모유 수유로 인해 새벽에도 수시로 깨 단잠이 고픈 엄마가 아닌가 말이다. 아이들 눈에는, 아이들과 함께 놀아주느라 애쓰는 엄마가 정말 노는 엄마처럼 보였나 보다.

한참을 속웃음을 하다 진정하고 대화를 이어갔다. "서은이가 그런 생각을 했구나. 하지만 아빠에게 미안해하지 마. 아빠는 서은이가 유치원에서 즐겁게 노는 것을 기뻐하실 거야. 그래서 우리 서은이 이렇게 건강하고 예쁘게 자라라고 아빠가 열심히 일하시는 거야. 서은이가 이렇게 아빠 생각하는 것을 아시면 아빠가 너무 기뻐하시겠네. 엄마가 아빠에게 서은이 마음 전해줘야겠다." 이야기를 나누고 우는 아이를 달래고 재웠다.

한편으론 여섯 살 아이가 철난 소리를 하는 것이 기특하기도 하고 아빠를 저렇게 생각하는 모습이 고맙다는 생각도 들었다.

비록 뒤에서는 함께 저녁을 못 먹은 지도 반년이 되어간다며 혼자 너무 힘들다고 투정을 부리기도 했고, 만년 독박 육아는 해도 해도 너무한다고 앙탈을 부리기도 했다.

하지만 아이들 앞에서는 항상 맛있는 것을 먹을 때마다 아빠가 우리를 위해 수고해 주셔서 이렇게 맛있는 것을 먹는 것이라며 감사하는 마음을 나누었다. 무언가를 먹을 때도 좋고 예쁜 것을 아빠 것으로 먼저 덜어 놓는 모습을 보여 주었다. 바빠서 아빠를 많이 못

보고 같이 못 노는 시기에 항상 이렇게 말하며 아빠에게 감사했고 아빠와 함께 있는 것처럼 아빠 이야기를 많이 했다.

청소년 상담을 하시는 분을 통해 요즘 아이들은 바쁘게 일하는 아빠의 수고에 대해 감각이 없다는 이야기를 들었다. 늦게까지 일하시는 아빠의 수고를 청소년 아이들은 '자기가 좋아서 하는 일 아닌가요?'라고 반응을 한다는 것이다. 아이들에게 아빠의 수고를 나누는 것, 아빠의 사랑을 들려주는 것은 중요한 일이다.

엄마가 아이를 붙들고 무심결에라도 남편에 대해 비난하는 말이나 우습게 여기는 말을 한다면 아이는 자신의 지지대가 되어 주는 아빠의 존재에 대해 불안정함을 느낄 것이다. 엄마가 어떻게 하느냐에 따라 아빠의 존재를 긍정적으로 인식할 수도 있고 아빠와의 관계를 돈독하게 유지할 수도 있다. 아이 앞에서 아빠가 얼마나 고마운 존재인지를, 너를 지지해 주는 그 지지대가 얼마나 안전한지를 계속 들려주어야 한다. 아이 아빠를 세워주고, 아이에게 아빠에 대한 감사함을 알도록 하는 것부터 시작하자.

대학원에서 아동상담 과목을 들었을 때 교수님께서 한 연구 결과를 통해 엄마, 아빠의 싸우는 소리가 전쟁터에서 들리는 포 소리와 같은 공포감을 느끼게 한다는 것을 알려주셨다. 아이 입장에서는 엄마, 아빠가 자신의 세상이기 때문에 그 안에서의 들리는 불협화음과 고성이 전쟁터와도 같은 공포로 다가 올 것이다. 아무리 "너는 소중해. 너는 특별해. 너는 최고야."라고 얘기해 준다 해도 자기의 세상이 늘 흔들린다면 아이는 자신에 대해 긍지를 가질 수도, 안정감을 느낄 수도 없을 것이다.

고등학생인 한 친구가 있다. 너무나 똘똘하고 자긍심이 강하고 역경 속에서도 성취감이 높은 친구였다. 그런데 관계 가운데서 어려움을 겪으며 힘들어 하곤 했다. 친구와 대화 중 자신의 성취에도 불구하고 끊임없는 가정의 불화가 자신을 작은 존재로 만드는 것 같다는 이야기를 들을 수 있었다. 자신이 아무리 뛰어나다 해도 자신이 속한 세상이 불안정하고 수치스럽게 느껴진다면 결국 그 세상 안에 있는 자신의 존재도 그렇게 느끼게 된다.

어느 부모라도 아이들에게 부부가 소리를 높이는 모습을 보여주고 싶지는 않을 것이다. 마음은 간절한데도 아이들 앞에서 목소리가 높아질 때도 있고 보이고 싶지 않은 모습을 보일 수도 있는 곳이 가정이다. 그러면 시간이 지나서라도 아이와 대화를 나누기를 바란다. "엄마, 아빠가 다퉈서 마음이 안 좋았지? 친구랑 마음이 맞지 않아 다투듯 엄마, 아빠도 의견이 맞지 않아 다투었어. 하지만 엄마, 아빠가 안 사랑해서 그런 것이나, 헤어지려고 그런 것은 아니란다. 네가 좋아하는 친구랑 다시 화해하고 지금처럼 잘 지내는 것과 마찬가지야. 엄마, 아빠도 다시 대화 나누고 사과하며 풀어가는 거야."라고 아이에게 설명해 주어야 한다.

또한 부모는 같은 생각을 공유하고 아이들에게 같은 말을 할 수 있도록 늘 대화의 시간을 가지길 바란다. 아이에게 아빠의 고마움을 이야기하며 다리가 되어 준 것처럼, 아이와 함께하지 못하는 아빠를 위해 아이들의 다리 역할이 되어 주는 것이다. 아이의 성장을 이해하고 아이의 예쁜 모습들을 같이 담아갈 수 있도록 짧게라도 일상의 소소함을 전해 주자. 같은 철학과 육아 방식을 가지고 키울 수 있도록 생각들을 나누어 가는 시간을 마련하자. 대화는 아이를 키우는 부부에게 꼭 필요한 과정임을 잊지 말자.

우리 딸들은 알고 있다. 자기들이 엄마, 아빠의 사이를 비집고 들어 올 수 없다는 것을. 엄마, 아빠가 제일 사랑하는 사이라는 것을. 몇 번을 물어도 같은 대답을 확인하고 나면 '피' 하고 돌아서지만, 자신의 세상이 안전함을 알기에 미소를 짓는다.

이런 말이 있다. '부부가 아이에게 줄 수 있는 가장 큰 선물은 내 아이의 엄마를, 아빠를 사랑하는 것이다.' 공감이 가는 말이다. 아이를 위한 가장 좋은 선물은 아이를 사랑하기 이전에 아이 아빠를 사랑하는 것이다. 지금 바로 시작하자.

있는 모습 그대로 인정해 주라

아이가 하나에서 둘, 셋이 되고 보니 각자가 타고난 천성이 어쩜 이렇게 다른지 삼인 삼색의 맛이 늘 신기하기만 하다. 타고난 성격도, 재주도 모두 제각각이다.

큰딸은 큰아이답게 자기가 해야 할 일을 알아서 하는 부분이 있다. 자기 것을 중요하게 여기고 잘 챙기기도 한다. 그리고 타고난 절대음감이다. TV도 없는 집인데 외식을 하러 간 식당에서 짧게 본 광고 음악을 집에 와 피아노로 그대로 치고는 했다. 어떤 음악을 들으면 그것을 바로 계명으로 불렀고 들은 음들을 정확하게 찾아냈다. 차를 타고 이동할 때도 리코더 하나만 있으면 차에서 나오는 음악에 바로 합주가 가능하니 그 모습이 신기하고 부럽기만 했다.

큰딸은 그런 달란트가 있는 만큼 귀가 예민했다. 동생들이 바로 옆에서 소리 높여 고함을 치거나 장난할 때면 힘들어했고 동생들하고의 스킨십도 그리 후하지가 않았다. 또 어릴 때부터 리더십이 있다는 말을 많이 듣다 보니 동생들을 가르치려고 하거나 지적하게 되는 경우가 많아 어떨 땐 동생들에게는 까칠한 언니처럼 느껴졌다. 바로 밑에 동생은 "난 엄마보다 언니가 더 무서워. 언니가 엄마처럼 친절했으면 좋겠어."라는 말을 자주 했었다. 둘째에겐 큰 고민이자 속상한 부분이 언니가 자신을 더 좋아해 주었으면 하는 것이었다.

둘째는 남을 배려하는 성품의 아이다. 그래서 상대적으로 언니의 그런 부분들이 더 힘들게 다가왔던 것 같다. 둘째는 어릴 때부터 '헤보'였다. 10개월인 아가를 재워 놓고 나와 밀린 집안일을 하고 있으면, 한숨 푹 자고 일어난 아기가, 방문 앞으로 '엉금엉금' 기어와 방문을 '탕! 탕!' 하고 두드렸다. 얼른 뛰어가 문을 열면, 아기는 엄마를 보고 해처럼 밝게 함박웃음을 지어주었다. 헤보인 둘째를 키우며 '이 아이가 천사인가? 인형인가?'라는 생각을 하기도 했다. 그리고 어릴 때부터 사람들이 예쁘다는 말을 많이 해 주셨는데 그 칭찬을 "왜 사람들이 자꾸 나만 봐." 하면서 불편해했다. 아이가 조금 자란 후 알았다. 아이는 자기가 돋보이고 주목을 받으면서 기쁨을 누리는 아이가 아니라는 것을.

네다섯 살 때 한번은 아이랑 단둘이 놀이터에서 달리기 시합을 한 적이 있었다. 당연히 엄마가 져주었을 것이다. "우리 서정이가 일등이네. 와! 잘 달리네. 서정이가 이겼어." 그러자 아이가 다시 한 번 하자고 했다. 이번에도 당연히 엄마가 져주어 아이의 승리였다. 그런데 아이가 갑자기 "엄마! 이번엔 엄마가 이겼어."라고 말했다. "아니야. 이번에도 서정이가 이겼어. 야! 우리 서정이 정말 잘 달리는데." 하니 "아니야 엄마가 이겼어. 이건 거북이 달리기였거든. 이건 늦게 달린 사람이 이긴 거야. 와! 이번엔 엄마가 이겼다."라고 말해 주었다. 이렇듯 아이는 자기가 누군가를 이겨서 기쁜 아이가 아니었다.

그렇다 보니 엄마의 눈에는 집에서든 밖에서든, 자주 양보하는 딸의 모습이 눈에 밟혔다.

내가 그랬다. 약지 못했다. 아직 초등학교를 들어가기 전으로 기억한다. 엄마가 바로 앞 호떡 가게에서 호떡을 사 오라고 보냈을 때, 난 바로 앞 호떡집으로 가지 않고 한참 떨어진 곳으로 다녀왔다. 엄마가 생각보다 늦게 도착한 내게 바로 앞인데 왜 이렇게 늦었냐고 물으셨다. "엄마, 이 앞 호떡집 아줌마는 젊잖아. 그런데 저 아래 있는 호떡집 할아버지, 할머니는 늙고 힘이 없어 불쌍해. 그래서 그분들 거 팔아드리고 싶어서 거기까지 다녀왔어."

엄마가 과일을 내 손에 쥐어 주셨을 때도 과일을 찬찬히 비교해 예쁜 것을 친구 손에 쥐어 주곤 했었다. 남이 잘되는 것을 기뻐하고, 남 좋은 일 시키는 것을 좋아하는 나를 보며 엄마는 혼잣말처럼

“험한 세상 어떻게 살아가려고.”라는 말씀을 하셨다. 그때는 ‘잘사는데 왜?’ 하며 왜 그런 말씀을 하시는지 몰랐다. 둘째를 키우면서 엄마가 왜 그런 말씀을 하셨는지 알 것 같았다. 자기의 소중한 것도 누군가 원하면 기쁜 마음으로 주는 아이였다. 그리고 자기가 비슷한 상황이 되면 다 자기 마음 같지 않다는 것을 경험하고 속상해할 때가 생겼다.

둘째는 다른 사람이 기뻐하는 것을 좋아하다 보니 남 웃기기가 취미였는데 큰아이는 받아주기보다는 정신이 없다고 핀잔을 주기도 했다. 체구가 작아 나가면 늘 또래보다 두 살은 어리게 보는 딸이 위아래로 치이는 것 같아 안쓰러운 마음이 들었다.

그에 반해 셋째는 무대포의 기질이 있었다. 누가 셋째는 거저 키운다고 했던가? 아기를 낳기 전 그런 말을 자주 들어서 이렇듯 존재감이 강한 셋째가 나올 줄은 몰랐다. 셋째는 두 언니를 키울 때랑은 또 달랐다. 돌쟁이 이유식을 먹이는데 자기가 스스로 뜨고 싶은 것을 엄마가 떠주었다고 성을 내며 숟가락에 있는 이유식을 털어내는 딸은 처음이었다. 셋째쯤 되었으니 육아의 달인은 아니어도 시기마다 예상 범주 안에 있겠지 생각한 것은 오산이었다.

셋째는 가습기에서 나오는 수증기가 뜨거우니 만지면 안 된다고 가르쳐 주려고 “앗! 뜨거워.” 하고 겁을 주면 덤비지 않던 언니들과는 달랐다. 그 말이 끝나기가 무섭게 손을 대어보고 뜨거워 얼굴이 빨개지는 셋째였다. 또 7~8살이 되니 막내이면서도 엄마에게 곧잘 “엄마, 저희 일에 너무 신경 쓰시는 거 아니에요?”라고 말하기도 했다. 엄마에게 이렇게 말할 정도니 언니들과의 말씨름에도 뒤지지 않았다. “엄마, 서이가 말을 해도 듣지 않아요.”라는 제보가 계속 들어 왔다. 귀염성 있는 막내로 사랑도 많이 받았지만 그에 반해 혼도 많이 났던 친구였다.

이렇게 서로 다른 성품으로 아이들이 불협화음을 내면 나는 나대로 말이 나왔고 아이들의 모습을 보면서 심각하게 고민이 되었다. ‘이 아이는 이래서 걱정, 저 아이는 저래서 걱정’이었다. 큰아이에겐 큰아이대로 너 생각만 말고 자꾸 동생들을 생각하라고 꾸중을 했고 둘째에겐 동생을 너무 봐주고 챙기지 말라고 말했으니 이 얼마나 어불성설인가?

어느 날 그런 내 모습을 보면서 영락없는 우산 장수, 부채 장수 형제를 둔 엄마의 모습 같다는 생각이 들었다. 우산 장수와 부채 장수 아들을 둔 어머니가 있었다. 어머니는 볕이 쨍쨍한 날은 우산을 파는 아들을 걱정하고 비가 오는 날은 부채를 파는 아들을 걱정하느라 하루도 자식 걱정을 하지 않는 날이 없었다. 뒤집어 생각하면 비 오는 날은 비 오는 날대로, 해가 뜬 날은 뜬 날대로 좋은 날인데 그것을 보지 못했다.

바뀔 수 없는 동전의 한 면만을 보고 있었다는 생각이 들었다.

동전을 뒤집어 보니 아이들의 모습이 다르게 다가왔다. 그때부터는 아이들의 있는 모습 그대로를 바라보기 시작했다. 문제라고 생각했고 걱정이 되는 부분들이, 강점이라는 것을 발견할 수 있었고 아이들의 마음도 이해하게 되자 무거운 마음이 가벼워지기 시작했다.

둘째는 어릴 때부터 "엄마, 난 언니를 닮고 싶어."라고 종종 말했다. 큰 딸아이의 스스로 잘 챙기고 야무진 모습은 동생들에게 롤 모델이 되어 주었다. 또 다둥이 육아에서 둘째의 성품은 중간에서 양보하고 화합시키는 역할을 해 주고 있었다. 학급에서도 선생님과 교우들을 잘 도와주는 친구로 칭찬받고 친구들에게도 고마운 친구로 인정받는 딸이지 않은가? 막내도 그렇다. 아이가 가지고 있는 야무짐과 당참이 있기에 나이 차이가 남에도 언니들 사이에서 뒤지지 않고 함께 해나갈 수 있었겠다 싶었다.

가지고 있는 부분을 그 모습 그대로 받아 주려고 마음먹으니 하나하나 답이 보였다. 엄마의 지적과 훈계가 멈추니 아이들도 나는 부족한 아이, 문제가 있는 아이로 생각하지 않고 자기 모습에서 답을 찾아갔다. 아이들도 타고난 천성이 바뀐 게 아니지만 그 모습 그대로 어우러져 갔다. 첫째는 마음에 여백이 생겨나고 동생들이 커가면서 동생들의 소리에도 귀를 기울였다. 위아래로 치인다고 생각했던 둘째도 자신의 꾀를 발휘해 잘 해내고 단단해져 갔다. 셋째도 쿨한 성격만큼 사과도 쿨하게 하고 야무진 손으로 언니들도 적극적으로 도와주었다. 아이들도 서로의 모습을 그대로 인정하고 받아주는 모습들이 보였다.

아이를 바꾸고 가르치려고 할 때는 동전에 한 면만 보였다. 그래서 보배롭고 가치 있는 동전을 무조건 깎아 내려고 했다. 그런데 있는 모습 그대로 보려고 하니 동전의 뒷면이 반짝거렸다. 있는 모습 그대로 인정받은 아이는, 그 안에서 자신을 인정하며 강점을 잘 살려가고 있다는 것을 기억하자. 그리고 그 모습을 바라보며, 있는 모습 그대로를 인정해 주는 육아 세상을 만들어 가자.

아이의 실수를 허용하라

육아를 하면서 노력하는 부분이 있다면 실수에 대해서 관대해지려는 것이다. 아이들은 성장하기 위해 무한한 실수와 실패를 반복한다. 그때 엄마의 역할이 참 중요하다고 생각한다. 아이들은 하나를 배우기 위해 수많은 실수를 반복한다. 스스로 물을 따르려고 하다가 엎기도 하고 엄마가 요리하는 걸 도와주겠다고 덤벼들어 엄마로 하여금 더 많은 일을 하게도 한다. 그럴 때 나만의 원칙은 되도록 기회를 주는 것이며 혼내지 않는 것이다.

그 과정에서 아이 안에 잘못된 의도는 하나도 없다. 내 힘으로 스스로 해 보고 싶은 모험심과 도전 정신이 있는 것이고 건강한 호기심이 있는 것이다. 그렇기 때문에 아직은 서투를 수밖에 없고 서투름에서 나온 모든 실수는 충분히 허용되어야 한다고 생각한다.

기어 다니던 아이들이 걷기를 배울 때 일어서고 넘어지고, 한 발을 떼고 넘어지고를 반복하는데 그 횟수가 약 8,000번에 이른다고 한다. 그렇게 수많은 실수 속에서도 포기하지 않고 무수한 시도를 반복하는 동력은 바로 엄마의 감격과 칭찬 때문이다. 그 많은 실수를 수용하고 격려하는 엄마의 모습은 아이들로 하여금 실수 앞에서 용감하고 당당하게 커가는 힘이 되어 주는 것이다.

우리 집 아이들도 많이 성장했지만 크고 작은 실수들은 계속된다. 더운 여름날이었다. 막내가 물을 먹으려고 정수기의 버튼을 눌렀는데 물이 나오지 않았다. 이렇게 저렇게 해도 물이 나오지 않자 엄마를 부른다. 조금 후 큰아이도 "화장실도 물이 나오지 않아요." 하는 것이다. 갑자기 물이 나오지 않으니 당황스러웠다. 지켜보자 말하고 방에 모여 시간을 보내고 있었다.

그런데 한 시간 정도 지나 거실에 나간 큰딸이 비명을 지른다. "아악! 이게 뭐야?" 소리가 예사롭지가 않아 바로 뛰어나갔다. 나가 보니 거실이 물바다이다. 주변을 둘러보니 정수기에서 물이 흐르고 있었다. 아마도 정수기의 버튼을 누르고 물이 나오지 않자 그 상태로 그냥 두었던 것 같다. 그리고 수도가 다시 나오기 시작하면서 직수 정수기의 물도 계속 나오고 있었던 것이다. 정지 버튼을 누른 뒤 순간 "누가 그런 거야?"라고 묻는다. 막내는 다시 버튼을 껐다고 말하고 다른 언니들은 왜 안 되나 싶어 여러 번 눌러봤다고 하니 누구인지 알 수 없는 상황에 엄마의 우문이었다. 눈앞에 펼쳐진 상황이 앞이 캄캄하기도 했지만 물이 가득한 곳에 발을 담그고 있으니 발이 시원했다. 그 순간 이 와중에 형사처럼 누가 그랬는지부터 묻는 나도 참 어리석다는 생각이 들었다.

누가 그랬으면 어떡할 것이고 지나간 일을 이제 와서 어떻게 하겠다는 말인가? 그것도 실수로 한 일인데 말이다. 마치 무더운 여름 냇가에 발을 담근 것 같은 시원함을 느끼며 덤벙덤벙 발장구를 쳤다. "모르고 그랬구나. 덕분에 아주 시원한데." 하며 웃자 다들 놀란 상태로 물바다를 바라보다가 아이들도 물장구를 치기 시작한다. 한차례 물장구를 치고 나서 아이들에게 수건으로 만든 걸레들을 던져주었다. "자, 누가 한 일인지 모르고 누군가 한 일이니, 힘을 합쳐서 닦자."

자기들끼리 신났다고 웃어대며 닦다가, 닦아도 닦아도 마르지 않는 바닥의 물을 보며 힘들다고 투덜대기도 하면서 모든 물을 닦아 냈다. 실수는 허용하되 그 일의 책임은 아이들의 몫이다. 아이들은 자기의 실수에 책임을 다하는 과정 가운데서 스스로 몸으로 배워 가기 때문이다.

또 한번은 아이들에게 개어 놓은 빨래를 각자 서랍에 넣어 놓으라고 했다. 그런데 조금 뒤 '쾅' 소리와 함께 아이들의 놀란 소리가 들렸다. 뛰어 가보니 서랍장이 넘어져 있었다. 보고 있으니 아찔했다. 서랍장 앞에 서 있었다면 그 무게 그대로 직격타를 입었을 텐데 감사하게도 넘어진 서랍장이 침대에 걸려 아이들은 다치지 않은 상황이었다. 자초지종을 듣고 보니 언니를 도와준다고 막내가 5단 서랍장의 모든 서랍을 다 열어 놓아 무게 중심이 앞으로 쏠려 서랍장이 넘어진 상황이었다. 서랍장을 힘겹게 제자리로 복구했지만, 안에 든 옷들은 다 쏟아지고 서랍들은 부서졌다. 하지만 아이를 혼낼 수가 없었다. 언니를 도우려고 한 일이었기 때문이다. 앞으로는 쓸 서랍만 하나씩 여닫아야 위험하지 않다고 설명해 주고 모여서 감사 기도를 드렸다. 그리고 "책장은 부서지면 고치거나 사면되지만 소중한 너희는 아니잖아. 너희가 더 소중해. 다음엔 조심하면 되지 뭐."라고 말해 주었다. 그러면서 나 스스로 기특해 "엄마가 실수로 잘못한 일을 혼내는 것 봤어?"라며 생색을 냈다. 그랬더니 아이들이 한술을 더 뜬다. "아니요. 실수로 했는데 왜 혼내요? 다음에 같은 일로 실수 안 하면 되지요." 하는 것이다.

실수가 허용되는 공간에서 아이들은 편안함을 가질 수 있고 더 많은 시도를 할 수 있다. 보기에는 수고하지 않아도 될 사고를 친 것처럼 보이지만 먼저 아이들의 설명을 들어보면 그럴만한 상황과 이유가 있다. 늘 실수한 상황에서 괜찮다고 말해 주고 왜 실수한 건지 생각해 보게 하고 앞으로 실수하지 않도록 되짚어 주면 충분하다고 생각한다. 그리고 '실수로 인해 손상된 모든 물건보다 네가 더 소중해. 너를 바꿀 수 없어.'라는 메시지가 극대화되는 상황을 놓치지 않고 사랑의 메시지를 들려주면 좋겠다.

코리나 루켄의《아름다운 실수》라는 책에도 실수를 오히려 새로운 시작과 기회로 보는 관점을 잘 표현하고 있다. 이 그림책은 처음부터 '아! 실수'로 시작한다. 그림을 그리는데 실수로 아이의 한쪽 눈을 더 크게 그리게 된다. 그래서 동그란 안경을 씌워 주게 된다. 주인공의 목도 너무 길고 팔꿈치도 뾰족하게 그리는 실수가 계속된다. 그래서 양쪽 다 레이스와 주름으로 장식해 멋지게 완성해 준다. 그리고 신발도 그려주고 줄무늬 바지도 입혀주었다.

그런데 그리고 보니 아이의 신발과 땅 사이를 너무 떨어뜨려서 그려버렸다. 그래서 평범했던 신발이 롤러스케이트로 변신한다. 그렇게 아이가 다 완성되나 보다 하고 있는데 잉크 방울을 아이의 머리에 '뚝!' 떨어뜨리는 실수를 하게 된다. 누가 봐도 큰 실수이다. 하지만 "이 얼룩 어쩌면 좋아. 아! 망쳤네." 하고 종이를 구기지 않는다. 머리의 잉크 자국은 마치 비행사의 조정 모자처럼 바뀌고 아이는 손에 한 움큼 노란 풍선을 묶은 실을 쥐며 하늘을 날 것처럼 달리고 있다. 땅하고 떨어져 그린 신발과 잉크 자국이 이렇게 멋진 생각을 만들어 냈다. 처음부터 크고 작은 실수들이 있지만 그때마다 새로운 생각들로 채워간다. 저자는 이런저런 실수들이 아이를 어떻게 바꾸었는지 물으며 그 아이로 시작된 그림을 멋지게 완성해 주었다.

완성된 전체 그림은 입을 딱 벌어지게 한다. 아이는 그 큰 그림 속의 지극히 작은 부분이었다. 노란 풍선을 한 움큼 잡은 아이는 친구들이 모여 놀고 있는 커다란 나무를 향해 달려가고 있다. 친구들은 벌써부터 모여 모험심이 가득 담긴 큰 나무를 아지트 삼아 놀고 있다. 줄타기도 하고, 나무 위에 천막도 짓고, 색색의 풍선을 잡고 하늘도 날며 탐험과 모험의 시간을 보내고 있다.

그렇다. 실수의 순간순간은 우리의 지극히 작은 일부분이다. 그곳에 집중하고 있으면 쓰레기통에 버려져야 할 그림이지만 실수를 대수롭지 않게 생각하고 새로운 생각들을 더해 가면 이렇게 환상적인 그림을 완성하게 되는 것이다.

동화책의 마지막 장은 "실수는 시작이기도 해요."로 마친다. 우리 아이들의 실수는 시작이다. 무언가를 해내려는 움직임의 시작이며 놀라운 생각 발전소의 시작인 것이다. 실수해도 아름답게 봐준다면 결국엔 이 책의 제목처럼 그것은 '아름다운 실수'가 되고 아름다운 배움과 아름다운 성장으로 가는 길이 되어 줄 것이다.

정답을 말해 주지 말라

나는 참 아날로그인 사람이다. 책을 좋아하기도 하고 조용히 혼자 있는 시간이 필요한 사람이다. 아직도 소중한 사람에게는 손 편지를 건네고 싶은 사람이다. 실은 좋게 포장을 해 아날로그인 사람이다. 기계 조작이 서툴고 컴퓨터의 작동도 낯설어 컴퓨터를 사용하다 보면 어느새 머리에서 슬슬 열이 차오르는 사람이다. 보다 못한 남편이 DNA 구조상 없는 기능 같으니 마음을 비우는 건 어떻겠냐고 말했으니 긴말이 필요 없다. 이런 나를 데리고 사는 나도 여간 갑갑한 것이 아니다.

그동안은 아쉽고 답답한 대로 그래도 버텨왔다. 3~4년 전부터 소중한 일을 맡게 되어 매주 파워포인트로 작업할 일부터, 문서를 만드는 일이 많아지자 남편에게 묻는 빈도가 잦아졌다. 처음에는 자상하게 잘 가르쳐 주던 남편도 물었던 것을 또 묻거나 묻는 횟수가 잦으니 여간 성가셔하는 것이 아니었다. 남편이 불퉁불퉁 설명할 때가 많아지자 귀찮게 하는 건 난데 그런 남편의 모습에 자존심도 상하고 약이 올랐다. '내 힘으로 해내고 말리.' 아쉬워도 꾹 참고 씨름을 해나갔다. 그 후 하나하나 조금씩 보이기 시작했다. 남편이라는 믿을 구석이 빠지니 울며 겨자 먹기로 답을 찾아가게 되었다. 그때부터 내 무지의 세계 컴퓨터 작업에서 혼자 하는 것들이 늘어나기 시작했다.

아이들도 비슷하다는 생각이 든다. 처음에는 아이가 들고 오는 교과서 문제에 답을 해 주었다. 아이도 처음이니 충분히 물어볼 수 있다고 생각했다. 그런데 아이가 들고 오는 문제가 몰랐거나 어려워서가 아니라, 문제를 잘못 읽었거나 실수로 틀린 것들을 보게 되었다. "다시 한번 찬찬히 읽어봐."라고 얘기하면 문제를 읽다 말고 "아!" 하고 자기도 멋쩍은 듯 실소를 보이곤 했다. 엄마를 믿고 두 번 생각도 않고 가져오는 것이다. 다음부터 엄마에게 물어볼 것이 있으면 몇 번을 풀어보고도 모르겠으면 그때 가지고 오라고 했다.

어떤 날은 몇 번을 보아도 모르겠다고 문제를 들고 왔다. 아이가 들고 온 서술형 수학 문제는 문제 하나에 질문이 세 개 정도는 되는 것 같았다. 단답형처럼 답을 쉽게 찾을 수 있는 문제가 아니었다. 나도 답을 찾으려고 이렇게 저렇게 여러 방법을 대입해야 했다. 입으로 설명하며 답을 찾아가는데 답을 찾게 되는 순간 내 공부인데 하는 생각이 들었다. 답을 찾으려고 여러 방법을 동원하며 풀어가는 시간이 진정한 공부라는 생각이 들었기 때문이다.

그때부터는 "엄마도 잘 모르겠네. 엄마도 너희처럼 공부할 때는 다 알았지만 지금은 배운 지가 오래됐잖아. 엄마는 지금 엄마 책을 보거나 엄마 공부를 하고 있지? 이건 엄마 공부가 아니어서 답을 찾으려면 엄마도 다시 보고 생각해야 해. 이 답을 가장 잘 알 수 있는 사람은 어제 배운 바로 너야. 잘 생각해봐. 답을 찾을 수 있어."라고 말해 주었다. 그리고 그게 사실이었다. 지금은 초등학생이어서 엄마에게 물어보면 답이 나올지 몰라도 조금만 지나면 엄마도 모른다는 사실이 들통 날 게 뻔하다. 그렇다고 아이에게 가르쳐 주려고 내 공부처럼 붙들고 미리 공부할 마음은 내게 조금도 없다. 가장 좋은 방법은 아이 스스로 찾게 하는 것이며 엄마라는 믿을 구석이 없다는 것을 알려주는 것이다.

대신 내가 아이들에게 해 주려는 것은 시험지에 틀린 작대기 표를 들고 왔을 때 화내지 않는 것이다. 틀린 것은 다시 풀어서 알게 되면 되는 것이라고 가볍게 넘긴다. 그러면서 덧붙이는 말이 있다. "틀리는 것은 좋은 거야. 틀린 것을 통해 내가 모르는 것이 무엇인지 알게 되는 것이니까 틀리는 것은 좋은 것이지."라고 말해 준다. 그러면 아이는 틀린 문제가 있는 시험지를 대하는 마음이 덜 무겁다.

왜 아이라고 동그라미만 있는 시험지를 들고 오고 싶지 않았을까? 아마 엄마가 뭐라고 하기 전부터 그 시험지 자체가 아이의 상심이 됐을 수도 있다. 다 알고 있다고 생각했는데 내가 이렇게 몰랐나? 하는 실망감이 들 수도 있다. 그런데 그것을 보는 엄마마저도 " 이렇게 쉬운 걸 틀리면 어떡하니? 도대체 몇 개를 틀린 거니?"라고 따져 물으면 아이는 얼마나 위축될까? 단지 틀린 문제들을 통해 무엇을 모르는지 알게 되었으니 이제는 아는 일만 남았다고 얘기해 주면 좋겠다.

나도 마냥 말랑하지만은 않다. 단골처럼 덧붙이는 말이 있다. "틀리는 것은 좋은 일이라고 했지? 그런데 틀린 문제를 또 틀리는 것은 부끄러운 일이야. 내가 모른다는 것을 알았다면 알기 위해 노력해야 해."라고 들려준다.

코로나19로 조용히 글을 쓸 시간이 부족했다. 같은 공간에서 거의 모든 시간을 함께 보내는 엄마나 아이들이나 자신만의 시간과 공간이 필요했다. 그런 나를 위해 남편은 토요일에 가까운 카페를 이용하라고 시간을 내주기도 했다. 어느 토요일 헤드셋을 끼고 수업을 듣는 초등학생 남자아이와 엄마가 나란히 앉아 있는 모습이 눈에 들어왔다. 어른 대우를 받는 느낌이 들 것 같아 아이의 마음이 좋겠다는 생각이 들었다.

그런데 조금 지나자 엄마의 목소리가 점점 커졌다. 아들의 틀린 문제를 보고 설명하던 엄마가 화가 난 것이다. 아까도 풀었던 것 아니냐며 치솟는 화에 목소리가 커지다 못해 테이블을 손바닥으로 치기 시작했다. 아이에게 설명한 후 다른 문제를 내밀었다. 문제를 잘 이해했는지 확인하는 시간이었다. 아이가 푸는 동안 엄마도 노트를 펴 열심히 문제를 풀기 시작했다. 그러고 나서 다시 아이의 오답을 체크하였다. 결국 정답지를 손에 쥐고 앞서 풀어 본 엄마의 손이 아이의 등을 내리치고 말았다. 곳곳에서 쳐다보았지만 엄마 눈에는 틀린 문제만 보였다. 아이도 죄인이 되어 고개를 숙이고 틀린 문제를 풀기 시작했다. 아이의 민망해하는 모습을 보니 '저렇게까지 주눅이 들게 해서 하나 더 맞는 문제가 의미가 있을까?'라는 생각이 들었다. 아이의 숙인 고개만큼 자존감도 저 밑으로 내려가 있는 것 같았다. 정답을 쥐고 흔드는 엄마가 아니라 정답을 찾을 기회를 주는 엄마이면 좋겠다는 생각이 가슴 깊이 드는 시간이었다.

사실 내가 아이들에게 정답지를 주는 것은 아이들을 믿는 마음도 있지만 밑에 동생들이 엄마 손을 찾는데 한가하게 채점하는 것도 어느 순간 벅차지는 부실한 엄마이기 때문이었다. 그래서 우리 집은 채점도 아이 스스로 한다. 답안지도 아이의 것이다. 적응하는 일학년이 지나고 나면 나는 아이에게 빨간 펜을 주고 직접 확인하게 했다. 누구는 초등학교까지는 아직 어리고 힘드니 엄마가 다 해주어야 한다고 했다. 또 어떤 사람은 아이에게 답지를 주면 보고할 수도 있는데 답지는 따로 관리해야 한다고도 했다. 하지만 아이 스스로 충분히 할 수 있다고 생각했다. 그래서 나는 각자 하게 했다.

그러던 중 우연히 TV에 강용석 변호사가 나와서 공부 비법에 대해 이야기하는 것을 듣게 되었다. 그때 아이의 문제집 채점을 스스로 하게 하라는 말을 듣게 되었다. 아이가 직접 채점하면서 내가 알고 맞은 문제는 무엇인지, 모르고 맞은 것은 있는지, 틀린 것은 무엇인지를 스스로 인지해야 한다고 말씀하셨다. 엄마의 역량 부족으로 문제를 풀고 난 후 채점까지 하는 아이들이 힘들 것 같아 일말의 양심에 찔림이 있던 나는 그때부터 더 홀가분하게 아이에게 채점을 맡겼다.

나는 어릴 때 책이 별로 없는 환경에서 자랐다. 그래서 딸들에게는 많은 책이 있는 환경을 만들어 주려고 했고 책이랑 친구처럼 놀게 해 주고 싶었다. 아이들 어릴 때는 책을 읽어주려고 노력했는데 육아에 해를 거듭할수록 꾀가 났다. 육아의 연차가 길어지니 이제는 아이들이 들려주는 책 속의 이야기가 생소한 것들이 많아졌다. 과학 이야기, 역사, 꽃말에 얽힌 사연들이며 엄마가 모르는 이야기들이 많아 감탄사가 절로 나오고 재밌었다. 그러면 아이들은 엄마가 모르는 이야기들을 전해 주느라 신이 났다.

엄마가 잘 모른다는 것은 때로는 아이가 알고 있는 것을 마음껏 자랑하고 설명할 기회를 준다. 신이 나서 마음껏 얘기하고 싶어지게 좀 모르는 엄마가 되는 것도 좋으리라 생각한다. 엄마에게 정답이 없다는 것 또한 아이에게 한 번 더 생각할 기회를 주는 것이다. 아이에게 정답을 말해 주지 말자. 대신 정답을 말해 주는 아이에게 감탄하는 엄마가 되자.

마음껏 놀 수 있는 환경을 만들어 주라

달콤한 여가가 주어진다면 무엇을 하고 싶은가? 책을 좋아하는 사람은 방해받지 않고 책 속에 푹 빠져 놀고 싶다고 말할 것이다. 질문을 받자마자 당연히 산에 가야지 하고 산을 떠올린 사람도 있을 것이고 평소 영화를 좋아하는 사람이라면 영화 목록부터 검색할 것이다. 각자 자신만의 놀이 시간을 잠시 상상하는 것만으로도 입가에 미소가 번지고 무언가 힐링이 되는 느낌일 것이다. 어린아이와 24시간 있다 보면 누군가 아이와 놀아 줄 때 그 순간만으로도 정서적 휴식이 찾아온다. 남편 찬스를 쓰고 모처럼 친구들을 만나 나로 돌아가 놀다 온 날은 내 아이가 새삼 그렇게 예뻐 보인다. 엄마들에게도 자기만의 놀이터에서 놀다 오면 어느덧 마음에 새로운 힘이 생겨남을 볼 수 있다. 어른에게도 나만의 놀이가 주는 힘이 있는데 아이들은 어떻겠는가? 아이들이 마음껏 놀고 났을 때 두드러지게 보이는 모습 또한 감정의 정화이다.

세 딸이 서로 부대끼며 살아가다 보면 옥신각신하는 날도 있고, 학교에서 내준 숙제가 많은 날은 엄마의 재촉과 하기 싫은 마음이 뒤섞여 불만이 가득 차오르기도 한다. 이런 날은 각자 해야 할 일을 하다가 누구라도 건드리면 불똥이 튀기 마련이다. 자동으로 스파크가 일어난다. 그런데 이런 날 기분 좋게 한바탕 놀고 나면 아이들은 언제 그랬냐는 듯 달라진 모습을 보인다. 작은 농담에도 까르르 웃고 그 농담을 이은 자기들만의 이야기가 줄을 선다. 아이들은 놀이라는 통로로 자신들의 부정적인 감정이나, 쌓여있던 스트레스들을 흘려보낸다는 것을 알 수 있다. 그래서 놀이 후 아이들은 훨씬 더 맑고 부드러워지고 마음에도 여유가 생긴다.

나는 아이들이 많이 놀면서 자라나기를 바란다. 그런데 현실에서 우리 아이들에게 주어지는 놀이 시간은 생각보다 많지가 않다. EBS 육아 학교에서 방영된 통계자료에 의하면 6세 아이들을 대상으로 조사한 하루 평균 놀이 시간은 2시간 30분이라고 한다. 그렇다고 해서 그 시간이 온전히 노는 시간이 아니고, 미디어가 차지하는 시간이 반이 넘어 실제적인 놀이 시간은 한 시간이 조금 넘는다고 한다.

누구는 "놀이 시간 많으면 좋죠. 그래서 아이들이 어린이집 가서, 유치원 가서 신나게 놀잖아요."라고 말하고 싶은지도 모르겠다. 하지만 그곳도 엄연히 얘기하면 아이들에게 사회생활의 현장이다. 자기가 하고 싶은 대로 다 할 수 있는 공간이 아니다. 교사로 현장에 있을 때를 생각하면 아이들에게 주어진 놀이 시간은 턱없이 짧다. 아이들도 그 시간 안에서 수행해야 할 것이 참 많은 것을 알 수 있다. 아이들에게 중요한 것은 비싼 장난감도 아니고, 잘 짜인 놀이 프로그램도 아니다. 일상에서 아이가 하고 싶은 놀이를 마음껏 하는 것이다.

딸들은 유치원 다닐 때, 집에 꿀을 숨겨 놓았는지 정규수업만 마치고 2시 '땡' 하고 집에 오는 것을 좋아했다. 친구들은 정규수업 후 다양하고 재미있는 선택 수업을 요일별로 골라서 하기도 하고 종일반에서 친구들과 놀고 간식도 먹고 늦은 오후에 오기도 하는데 우리 아이들은 그렇지가 않았다. 큰아이가 학교에 가서도 특별히 다니는 학원이 없었기 때문에 하교 후 피아노를 다녀오면 동생들과 비슷한 시간이 되어 집에 돌아왔다. 그러면 우리 집 아이 셋만 놀이터에 있을 때가 많았다. 딸들은 놀이터에서 시끌벅적 뛰어놀다가 조용해질 때가 있다. 궁금해 다가가면 어느새 셋이서 땅에 코를 박고 무언가를 유심히 보고 있을 때가 많았다. 비가 온 뒤 발견한 달팽이가 손에 올려져 있기도 했고, 어떤 날은 개미 떼를 발견하고 개미의 집까지 발견하는 횡재를 누리기도 했다. 그렇게 아이들이 모여 쪼그리고 앉아 있는 모습이 좋아서 그 모습을 카메라에 담고, 마음에도 담아두곤 했다. 아이들이 바라보는 작은 세상이 내게는 큰 세상처럼 느껴졌고 아이들이 눈을 맞추는 그 세상 안에 무한한 세상이 보이는 것만 같았다.

마음껏 놀며 만나는 자연에서 아이들은 호기심이 자라고 생각을 열어간다. 관심과 사랑으로 만나 본 세상이, 아이들의 감성이 되고 정서가 된다. 함께 머리를 모아 해결한 지렁이 수습사건은 그 어디에서도 맛볼 수 없는 성취감을 주고 서로 협업하는 생생한 삶의 현장이 된다.

첫아이가 네 살 때 집에 큰 가전이 들어오면서 크고 튼튼한 상자가 생겼다. 아이가 들어가서 놀기에 충분한 상자는 나의 눈을 사로잡았고 아이와 함께 상자를 뜯어 집을 만들었다. 큰 집에 문도 창문도 만들어 주었고 집 내부에 아이가 마음껏 그림을 그리게 해 주었다. 남은 공간에는 아이들의 사진으로 벽을 장식해 주었고 거울도 집 내부에 붙여주니 완벽한 집이 되었다. 아이는 그곳에서 많은 시간을 보냈고 그 집은 여러 해 동안 우리 집의 보물이 되었다.

또 생활 속 놀이도구 하면 주방 도구를 빼놓을 수 없다. 우리 집 아이들은 유아용 주방 도구가 아닌 실제 주방 도구들을 가지고 놀 때가 많았고 실제 식자재를 활용하며 놀기도 했다. 어떨 때는 검은콩 한 봉지를 뜯어 직접 절구통에 찧어 보기도 했는데 딱딱한 콩을 빻기가 어려워 콧잔등에 땀이 맺히면서도 손 절구질로 종이컵 반만큼 가루를 얻어내기도 했다. 생활 속의 모든 것은 이처럼 아이들의 놀이 환경이 되어준다.

아이들이 많이 큰 것 같은데도 우리 아이들은 여전히 놀기에 바쁘다. 방학 때 하루는 마음껏 놀 시간을 주고 얼마나 노는지 지켜보았다. 이날 한 가지 놀이를 가지고 9시간이 넘게 노는 아이들의 모습을 보면서 놀이가 바로 전인적인 교육이라는 말을 실감했다.

아이들의 놀이에는 많은 순기능이 숨겨져 있다. 아이들은 재미있는 놀이 시간을 만들기 위해 사고하는 시간을 가진다. 무슨 놀이를 어떻게 할 것인지 스스로 구상하고 기획하게 되는 것이다. 그리고 구상한 것들을 구체화하고 적용하기 위해 자발적 토의 시간이 시작된다. 때로는 얼마나 논리적으로 치열하게 자기 뜻을 피력하는지 모른다. 또 자기가 만들 집에 필요한 소품을 차지하기 위해 협상을 할 때면 협상책에서 읽어 보았을 내용이 눈앞에서 펼쳐지는 모습에 헛웃음이 나오기도 했다. 이렇게 모든 구상이 조율을 거쳐 결정되면 온갖 재료를 가지고 만들기를 시작한다. 아이들이 만들어 놓은 소품과 집의 구조들을 보면 나는 어떨 땐 입이 쫙 벌어진다. 평소 책에서 보았던 과학의 원리가 그 안에 숨겨져 있고 미술 실력이 발휘되어 있다.

자신들이 만든 인형들에 이름을 붙이며 나누는 대화는 또 어떤가? '시간요정, 겨울요정, 밤의 요정, 날씨요정, 심판의 요정, 감정요정' 등 이름을 붙여 주더니 둘째가 언니에게 말한다. "언니, 감정요정이라 하지 말고 사랑요정이라 할까? 어차피 같은 거니까." 그랬더니 큰아이가 "아니야 달라. 사랑은 감정이 아니고 책임이야."라고 하는 것이다. 그리고 이어지는 아이들의 대화를 들으며 딱딱한 책상에 앉아 토론하지 않아도 놀이 안에서 참 많은 생각들을 나눈다는 것을 알게 되었다.

지금 큰아이는 청소년 소설을 열심히 쓰고 있다. 역사 속으로 빨려 들어간 유리의 이야기이다. 6학년 친구의 글쓰기 놀이는 나날이 깊어간다. 이제는 글을 쓸 조용한 시간이 필요하다며 6:30분 이른 기상까지 하며 글쓰기에 빠져 있는 큰 딸이다. 엄마가 시켜서는 할 수 없는 일이다. 자기가 하고 싶어서 하는 놀이세상 안에는 무한한 가능성이 숨겨져 있는 것이다. 누군가 시켜서 하는 수동적인 일들과 자발성을 가지고 내가 만들어 가는 놀이에는 이렇게 큰 차이가 있다.

우리 집 아이들은 지금도 신나게 논다. 신나게 노는 만큼 가지고 노는 것도 다양하고, 만들어 내는 놀이들도 다양하다. 그러고 보면 아이들에게 TV와 핸드폰이 없는 것이 아이들의 놀이에 공헌한 바가 크다. 심심하니 상상력과 창의력을 동원하여 온갖 놀이를 만들어 내는 것이다. 또 매여 있는 학원이 없으니 자유롭게 놀 시간이 많다. 아이들에게 사교육 현장이 아닌 마음껏 놀 수 있는 놀이 교육 현장을 선물해 주면 좋겠다. 자기만의 놀이에 몰입감을 가지고 놀아 본 친구들은 자신의 관심 있는 분야를 만나게 되었을 때 몰입감을 가지고 학업도 일도 잘 해낼 수 있다고 생각한다.

'인간은 놀아야 온전해진다.'는 독일의 시인 실러의 말처럼 건강하고 온전한 아이들로 자라도록 아이들에게 마음껏 놀 수 있는 시간과 환경을 만들어 주자.

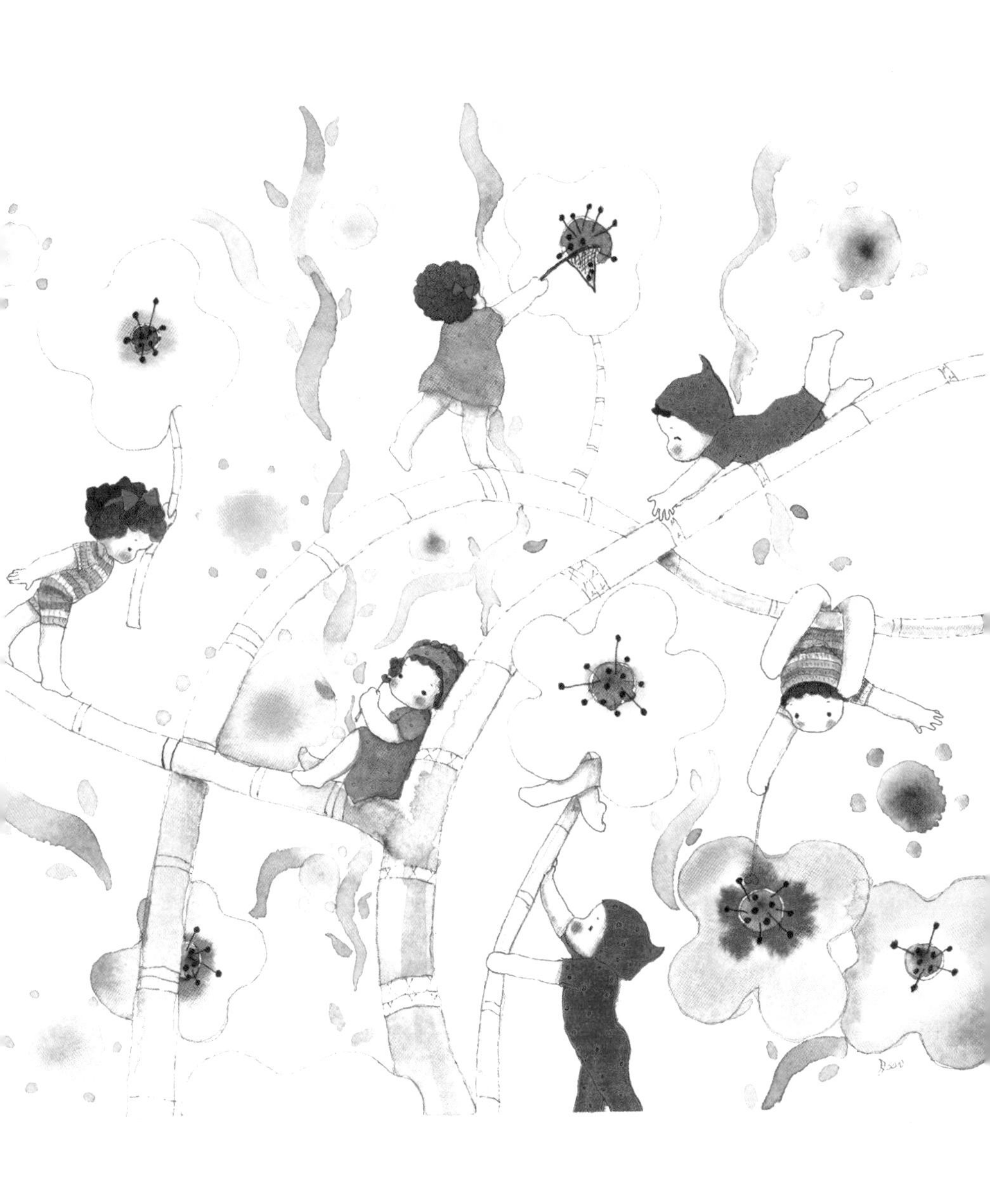

한 호흡 참고 한 번 더 생각하고 말하라

큰아이는 어릴 때부터 사람을 관찰하고 모방하는 행동을 많이 했다. 청각, 후각이 예민했던 딸은 집에서 놀다 무심코 맡게 되는 냄새에서도 이건 내 친구 누구의 옷 냄새라고 말해 주었다. 지나가다 누군가를 보면 내 친구의 엄마와 닮았다고 말하는 큰딸은, 사람을 관찰하고 사람에게 관심이 많은 아이였다. 그러다 보니 네 살에 처음 가게 된 어린이집 생활에서도 모방 행동을 자주 보여주었다. 어느 날은 어린이집을 다녀와서 소리를 빽빽 질렀다. 하루 이틀 그렇게 하다 멈추었다.

그런데 그러고 나면 침을 뱉는다든지 새로운 모방 행동을 보여주었다. 엄마 입장에서는 처음 보는 모습에 당혹스러웠지만 모방 행동이라는 것이 명확했기 때문에 행동을 잡아주고 기다려주며 대수롭지 않게 넘길 수 있었다. 아이도 호기심에 해 보는 것이니 하루 이틀 해 보다 자기가 아닌 모습을 더는 하지 않았다.

문제는 아이가 손가락을 깨문다든지, 코를 판다든지 하는 모습들이었다. 이런 생활 속 모습들은 엄마의 눈에 거슬릴 수밖에 없었다. 그런 아이의 행동을 보면 습관이 될까 봐 행동을 보일 때마다 한마디씩 하게 되었다.

그런데 언제부턴가 내 속에서 또 다른 내가 말을 건넸다. '한 번 참고 넘어가. 아이가 아무 생각 없이 하다 지나갈 행동인데 어쩌면 엄마의 반응이 그 행동을 인지시키고 고착화하는지도 몰라.'

그랬다. 아이에게는 그냥 지나갈 행동이었다. 그런데 엄마가 그 행동에 계속 머물러 있으면서 아이를 그곳에 머물도록 만드는 것이다. 아이의 지나갈 행동을 엄마의 말로 고착화하지는 않는지 생각해 봐야 한다. 아이의 문제 행동을 지적하기 전에 심호흡하고 자신에게 '지나가고 있어.'라고 말해 보자. 바람직하지 않은 행동에 관심을 보이고, 말해줌으로 강화하기보다 모른 척함으로 소거시키자. 엄마가 신경 쓰지 않다 보면 어느새 그 행동은 서서히 사라질 것이다.

막내가 엄마에게 다가온다. "엄마, 제 얘기 좀 들어보세요." 초등학교 1학년인 딸이 이렇게 깍듯하게 존댓말을 사용하며 다가올 때는 엄마가 익히 안 된다고 한 내용을 가지고 엄마를 설득하기 위함이다. 그런데 더 재미있는 것은 한 손으로 엄마의 입을 가로막으며 말을 시작한다. "엄마, 끝까지 들어보고 얘기하세요."라는 말도 빼먹지 않는다. 몇 소절 듣고 내용 파악이 된 엄마가 "안 돼."라고 말할 줄 알고 미리 준비한 제스처였다. 그럴 때면 얼마나 엄마가 재고하지 않고 즉각적이었는지 반성하게 된다.

아이가 어릴 때는 더 조심하고 주의했던 것들이 아이들이 성장하고 나면 그만치가 되지 않는다. 아이들이 놀다 볼멘소리로 달려오면 상황이 빤히 보인다. 물건을 가지고 싸우는 소리를 듣고 있던 터라 아이가 자기 얘기를 하기도 전에 대번 상황이 파악된 나는 내 말을 쏟아낸다. 가뜩이나 싸우는 모습이 거슬리는 엄마 마음에, 너도나도 와서 이르는 행동이 도화선이 되어 불을 붙이는 것이다. 너는 이래서 잘못했고, 또 너는 이렇고 하며 혼을 내서 돌려보내고 나면 아차 싶다. '한 호흡만 참고 좀 듣고 얘기하면 좋았을 것을.'

또 집안 정리를 하다 물건을 높이 들고 "이거 누구야?"라고 범인을 찾다가 대답도 듣기 전에 지레짐작하고 꾸중을 시작했다. 그런데 그 답이 예상을 빗나간 것이다. 얼마나 미안하고 민망하던지 엄마 모양새가 빠지는 날이다. 한 호흡만 참고 대답을 기다렸다면 혼자 오해하고 혼내는 일은 없었을 것이다.

아이들이 점점 클수록 아이들의 생각과 소리에 귀를 기울여야 하는데 그게 잘 안 된다.

처음 만난 연인들이 서로를 더 알고 싶어 귀를 기울이고 바라보는 모습과 같아야 하는데 오래된 연인을 대하듯 한다. 아이들이 어릴 때는 외래어처럼 서툰 발음으로 건네는 말이 귀엽기만 하다. 말 배움이 신기하기만 해 사랑스러운 눈으로 아이를 바라보게 된다. 아이의 말을 내가 모른다는 생각에 귀를 기울이게 되고, 그렇게 말로 자기 뜻을 표현하는 모습이 기특해서 반응하고 소중하게 대화를 이어간다. 그런 모습을 떠올리니 다시 시작하는 연인의 마음으로 서야겠다는 생각이 든다. '나는 너를 모른다. 이 상황을 모른다. 한 호흡 참고 알아가겠다.'라는 마음으로 말이다.

대부분 즉각적으로 포르르 화를 내고 돌아서서 후회한 적이 있을 것이다. 화를 내는 아이를 보며 더 큰 화로 아이를 덮어버리고 상황을 종식한 경험들도 있을 것이다. 그러면서 아이들이 왜 이렇게 화가 나게 하는지 모르겠다고 생각한다. 그런데 잘 생각해 보면 내가 화를 낸 것은 내 선택이었다. 화를 불러일으킨다고 생각되는 아이의 자극에 반응하기 전에 멈춰서 선택할 수 있었다.

우리는 알고 있다. 자극과 반응의 간극이 없는 사람일수록 즉각적으로 반응한다는 것을. 그런 즉각적인 반응을 보이는 사람일수록 환경에 휘둘리어 자신의 감정을 지배당한다. 육아에서도 마찬가지이다. 나의 화를 부추기는 아이에게 키가 있는 것이 아니고 그 화라는 자극에 반응하는 나에게 키가 있다는 것을 기억해야 한다.

마음 사용법을 배우며 알게 된 좋은 방법이 있다. 바로 화가 나는 그 순간 멈춤 버튼을 작동하는 것이다. 생각만으로는 이것이 잘 안 되니 실제로 멈춤 버튼을 누르는 것이다. 마법학교(마음 사용법 학교)의 박이철 대표님은 손바닥의 정중앙을 다른 한 손 엄지손가락으로 '꾹' 누르며 멈춤 버튼을 작동하라고 알려주신다. 그리고 일상에서도 가끔 눌러주며 버튼을 누를 때마다 내 생각이나 행동을 지각해 보라고 하신다. 생각보다 우리는 사고하고 움직이지 않기 때문에 버튼을 누를 때마다 나의 사고와 행동을 지각해 보라는 것이다.

육아를 하다가 화가 나는 상황에서 먼저 멈춤 버튼을 눌러 보자. 한 호흡만 참으면 가능한 일이다. 짧은 순간이지만 전혀 다른 결과물을 가져올 것이다. 꼭 손바닥이 아니어도 좋다. 나 같은 경우는 왼쪽 엄지손가락 끝을 오른쪽 엄지와 검지로 꾹 누른다. 각자 자신만의 신체 멈춤 버튼을 사용하면 된다. 볼을 지그시 눌러도 되고 허벅지를 꾹 눌러도 좋다. 멈춤 버튼을 누르고 생각 전환을 해 보자.

나에게 가장 좋은 생각 전환의 매뉴얼은 바로 아이의 행동을 보며 '이유가 있을 거야.' '선한 의도가 있는 거야.'라고 생각하는 것이었다. 청소년을 상담하시는 이임숙 작가님의 《엄마의 말공부》책에 엄마라면 꼭 알아야 할 '엄마의 전문용어 5가지'라는 부분이 있는데 평소 내가 쓰는 생각과 흡사한 내용이 있어 반가웠다.

바로 '이유가 있었을 거야.' '좋은 뜻이 있었구나.'라는 말이다. 아이가 어릴 때 육아를 하며 항상 내 마음속에 먼저 가졌던 생각이었다. 예를 들어 동생의 작품에 훈수를 두며 사기를 팍 깎아내리며 잔

소리를 하는 아이가 있다고 하자. 그런 아이에게 "왜 동생에게 말을 그렇게 해. 너는 그렇게 잘해?"라고 다그치기 전에 한 템포 참고 그 안에서 좋은 의도를 찾는 것이다. "동생이 잘하기를 바랐구나. 동생에게 도움이 되고 싶었구나."라고 말이다.

아이가 하나이고 어릴 때는 이런 마음이 절로 나왔는데 지금은 이렇게 책을 펴야 '아 그랬지!' 하게 된다. 다시 한번 이 언어들을 꺼내 쓰려고 한다. 그리고 무엇보다 아이의 말을 가로채지 말고 끝까지 들어주어야겠다. 버럭 하기 전에 멈춤 버튼을 눌러 한 템포 참고 생각을 전환하자. 우리는 공부하는 엄마니까 엄마의 전문 용어를 꺼내 쓰자. '이유가 있을 거야. 좋은 뜻이 담겨 있을 거야.'라고 말이다. 늘 까먹기 대장이니 복습 모드를 유지하고, 작심이 삼일이니 삼일마다 결심하자. '한 호흡 참고 한 번 더 생각하고 말하기를'

질문을 통해 아이에게 생각할 시간을 주라

×
×
×

뜬금없이 딸들에게 질문을 해 본다. "너희는 엄마가 어떻게 해 줄 때 행복해?" 평소 같지 않게 이런 심도 깊은 질문을 하는 이유는 '마음 사용법'을 공부하며 질문의 힘을 새록새록 깨닫게 되기 때문이다.

"얘들아, 너희는 엄마가 어떻게 해줄 때 행복해?"라는 질문에 6학년 큰딸은 "아이를 진짜로 행복하게 해 주는 것은 독립심과 자존감을 길러주는 것이에요."라고 얘기한다. 뜻밖의 대답에 귀가 쫑긋해져 왜 그럴 때 행복하냐고 되물었다. 딸은 그게 제일 중요하기 때문이라고 말해 주었다. 예상하지 않은 답들에 질문도 이어졌다. "그래? 그럼 그 중요한 걸 갖게 하려면 어떻게 해 주어야 해?"라는 질문에 딸은 답이 준비된 듯 술술 나온다. 바로 믿어 주고 도전할 기회를 주어야 한다는 것이다. 여기서 나는 더 밀착 질문에 들어갔다. "그래? 그럼 엄마는 어떤 엄마인 거 같아?"라고 물어보고는 대답을 기다리는 엄마 가슴은 쫄깃쫄깃하다. 괜히 마음을 들킬세라 더 무심한 듯 묻고 딴청을 피우며 대답을 기다린다. "엄마는 그런 엄마야. 그러니 내가 행복하지." 정말 생각지도 않게 질문을 통해 얻은 수확이었다. 딸이 엄마가 미혼 때부터 가슴에 품고 있던 육아 철학을 알고 있기라도 하듯 입으로 주요 키워드를 말해 주니 내심 기뻤다. 그것에 대한 솔루션까지 줄줄 이야기 하는 딸의 모습에 웃음이 나왔다.

요즘 한창 사고 싶은 것이 많아진 4학년 딸은 질문을 듣고 상상하는 것만으로 행복한 듯 눈을 반짝이고 함박 미소를 지으며 답을 한다. 일 년에 한 번 생일 말고도 각자가 원하는 것을 사주는 날이 있다면 정말 행복할 거 같다고 말이다. 그리고 안아 줄 때 행복하다며 와서 안긴다.

1학년 딸은 자기가 어려울 때 도와주는 것이라고 한다. 매일 엄마를 찾으며 맛있는 것 먹고 싶다며 달콤한 것을 찾는 딸이라 엄마가 맛있는 거 사줄 때라고 대답할 줄 알았는데 막내의 답도 예상을 빗나갔다. 세 딸 다 자기가 느끼는 행복감이 있었다. 아이들에게 질문을 건네고 그 답을 들으며 좋은 엄마는 생각보다 멀리 있지 않다는 것을 깨달았다. 묻지 않았다면 엄마도 알지 못했을 마음이었다. 물어보길 잘했다는 생각이 들었다. 아이들의 대답을 들으며 이렇게 아이들의 마음을 얼마나 자주 물어봤는지 자문하게 된다. 아이들이 들려주는 아이들의 마음속 이야기에 자주 문을 두드려야겠다고 생각하게 된다.

대학원에서 교육학을 공부하던 중 아동학 교수님을 통하여 아이가 질문을 할 때는 답을 하지 말고 도리어 아이의 질문을 되돌려 주라는 내용을 인상 깊게 들었었다. 어린이집 교사로 있을 때 어떻게 하면 아이의 질문에 눈높이를 맞추어, 아이가 이해할 수 있는 언어로 전달할 수 있을까 고민했었다. 아이의 흥미를 더하여 교육적인 내용을 전달해 줄 수 있는 묘책들을 연구했었다.

그런데 다른 각도의 말씀이었다. "아이가 질문을 하면 답하지 말고 너의 생각은 어떤데? 너는 왜 그럴 것 같아? 라고 반문을 하세요. 아이에게 생각할 수 있게 질문을 건네세요." 반문을 통하며 아이의 사고를 확장해 주라고 하셨던 말이 인상적이어서 아이를 낳고 기르며 그렇게 하려고 노력했던 것 같다. "엄마, 왜 물방울이 자꾸자꾸 커져?"라고 묻는 아이의 질문에 "왜 그럴까?" 하고 되물으며 계속 얘기를 하다 보면 순수하고 창의적인 아이의 답에 놀랄 때가 한두 번이 아니었다. 같이 질문을 반복하며 답을 찾아가다 보면 엄마가 전해 줄 수 있는 답보다 훨씬 풍성한 대화들을 할 수 있었고 그 대화를 통해 아이의 마음도 만나는 시간이 되었다. 질문은 또 다른 질문을 불러 함께 책을 찾아보게도 했다.

아이들이 조금씩 커가며 알게 되었다. 내가 너무나 닫힌 형태의 질문을 하고 있다는 것을! 우리가 잘 알고 있는 것처럼 질문에는 두 가지 방식이 있다. 특정한 답변을 유도하지 않는 자유롭게 답할 수 있는 개방형 질문과 질문자가 제시한 목록 가운데 답하도록 하는 폐쇄형 질문이 있다. 요즘 나의 질문이 너무나 '예, 아니요'를 묻는 폐쇄형 질문이다. 눈 뜨자마자 아이들에게 "물 먹었어? 유산균은?" "세수했어? 로션은 발랐고?" "숙제는 다 했어?" 엄연히 말하면 이것은 질문이라기보다 취조 내지는 감독관 질문이라고 이름 붙이는 것이 맞을 것 같다.

《내가 들어보지 못해서, 아이에게 해주지 못한 말들》의 저자 다나카 시게키는 책 속에서 조작적 대화와 교류적 대화라는 표현을 사용했다. 바로 "이 닦아라! 숙제는 했니?"처럼 행동을 지시하거나 확인하는 대화가 조작적 대화이고, "오늘 재미있었어? 새로 산 자전거, 타기 편할 것 같다."처럼 생각이나 마음을 전달하는 대화가 교류적 대화라고 말한다. 의사이자 심리학을 전공한 저자는 현재까지 20년 넘게 5,000회 이상의 문제를 안고 있는 아이들을 상담하는 일을 하고 있다.

저자가 보통 만나는 친구들은 등교 거부, 비행 행동, 섭식장애 등 다양한 문제를 보이는 아이들이지만 공통점은 부모님들이 사용하는 대화가 조작적 대화였다는 것이다. 부모의 지시와 명령, 확인하는 질문을 듣고 살아온 아이들은 집에서도 마음이 편치 않았을 테고, 그런 마음이 문제 행동으로 드러난다는 것이다.

공감이 가는 동시에 나의 질문 역시 상당 부분이 조작적 대화를 주도하는 조작적 질문이라는 생각이 들었다. 책에서는 조작적 대화를 내려놓으면 아이뿐 아니라 엄마도 훨씬 편해진다고 한다. 그럴 것이다. 언제나 무엇을 확인해야 한다고 생각하면 엄마 마음 한편이 더 바빠질 것이고 아이는 내가 처리해야 할 하나의 일로 치부될 수 있을 것이다.

나에게도 다둥이 육아에 혼자 마음이 급해져 조금만 기다리고 지켜보면 할 일을 조작적 질문들을 나열했던 경험이 있다. 아이가 성장하며 질문의 질이 더 고매하고 깊어져야 하는 것이 당연한 흐름이건만 아이의 사고는 더 깊어지고 표현할 어휘가 많아지는데 엄마는 '예, 아니요'로 답할 수 있는 질문들만 늘어놓으니 참으로 반성할 일이 아닐 수 없다.

오랜만에 아이의 마음을 묻는 말을 통해 교류적 대화를 하며 아이의 지혜에서 답을 찾게 된다. 좋은 엄마가 된다는 것은 어쩌면 그 답이 내 안에 있다는 생각을 내려놓고 답을 찾기 위해 아이에게 질문하며 아이의 생각에 귀를 기울이는 엄마가 아닐까 생각해 본다. 지시적이고 조작적인 대화를 내려놓고 질문을 통해 아이의 마음의 문을 두드리면 좋겠다. "오늘은 편안한 하루를 보냈니?" 하고 물으며 아이의 마음을 열고 그 마음에서 전해오는 소리에 귀를 기울이는 현명한 엄마가 되고 싶다.

"무슨 답을 하는지보다 무슨 질문을 하는지를 통해 사람을 판단하라." 프랑스의 정치가 가스통 피에르 마르크의 말이다. 아이들에게 질문을 받으면 잘 답하려고만 했지 질문을 잘하려는 생각은 많이 못 한 것 같다. 이제는 질문을 잘하는 엄마가 되어야 한다. 아이에게 고매한 말을 듣기를 원한다면 이제부터 질문의 품격을 업그레이드하자.

가족회의를 활용하라

× × ×

"엄마! 저도 게임하고 싶어요."

어느 날 초등학교 4학년이 된 둘째 딸이 엄마를 불쑥 부르더니 조심스럽게 건네는 말이다. 마음에서는 단번에 "안 돼!"라고 말하고 싶었다. 하지만 분명히 엄마가 싫어할 것을 알면서도 자신의 마음을 내비치는 아이의 말을 듣고 아무 말 없이 아이와 눈을 맞춘다. 아이는 엄마가 자기의 말에 귀를 기울이는 것 같으니 자신감을 얻었는지 부연 설명을 한다.

"엄마, 폭력적인 게임은 안 할 거예요. 그런 건 나도 싫어. 그냥 내가 좋아하는 동물들 나오는 게임이나 동물 키우기 게임 같은 것 해 보고 싶어. 내 친구 동생이 그런 게임을 하고 있던데 너무 재미있어 보였어. 나도 옛날부터 그런 게임을 해 보고 싶었어요. 우리 집에서도 일주일에 한 번이나 그것도 많으면 이 주일에 한 번이라도 게임하는 날이 있었으면 좋겠어요." 언감생심 꿈도 못 꿀 일이다 싶었던지 그것도 매일이 아닌 일주일에 한 번 그것도 아니면 이 주에 한 번이라도 좋다고 말하는 딸아이 앞에서 그동안 많이 참았겠다 싶은 생각이 들어 바로 대답하지 못했다.

나와 남편은 결혼할 때 TV를 사지 않았다. TV가 굳이 필요하지 않다고 판단했고 우리가 꾸려갈 가정은 TV가 없는 세상으로 만들기로 했기 때문이다. 결혼 후 친구들은 TV가 없이 심심해서 어떻게 지내냐고 만날 때마다 신기하다는 듯 물었다. 신혼생활은 알콩달콩 둘이 놀기에도 바빠 심심할 새가 없었고 함께 영화를 보고 싶은 날은 컴퓨터를 이용하며 불편함 없이 생활했다. 그리고 육아를 할 때도 되도록 아이가 잠들었을 때만 컴퓨터로 아이 물품을 주문하는 등 아이 앞에서는 컴퓨터도 잘 켜지 않았었다. 가끔 아이에게 영상을 보여 줄 때가 있다면 그 역시 컴퓨터를 이용했고 그마저도 지양하며 육아를 했다. 물론 지금은 초등학교 6학년, 4학년, 1학년으로 많이 성장하여 컴퓨터를 이용해 학교 숙제를 할 때도 많고 코로나 상황으로 온라인 수업의 비중이 커졌다. 또 아이들이 함께 영화를 보는 일이나 기타 영상을 보는 일들도 어릴 때보다는 늘어났다.

하지만 우리 집에서도 게임을 하고 싶다는 말에 이렇게 경청하고 있는 내 모습은 나 스스로에게 심한 도전이었다. 피하고 싶었다.

하지만 딸의 부연 설명을 듣고 차마 내 임의대로 안 된다고 할 수가 없었다. "그래? 그럼 같이 회의하자."

우리 가족은 그날 이 안건으로 모여 가족회의를 했다. 서로의 공방이 치열했다. 특히 책을 좋아하는 큰딸은, 물론 자기도 게임을 하고 싶지만 게임을 시작하게 되면 더 하고 싶어지고 그로 인해 책을 가까이하며 얻을 수 있는 유익성에서 멀어질 것 같다며 반대한다고 했다. 둘째 딸은 게임을 하게 되면 그 시간을 기다리는 즐거움도 생기고 게임을 하면서 느끼는 즐거움도 클 거라고 설득했다. 막내는 이게 웬 떡이냐 싶어 밑도 끝도 없이 "나 게임 할래. 찬성이야. 찬성." 하며 무조건 찬성을 외친다. 이날 게임에 대한 것은 아이에게서 나온 의견이고 아이들이 지켜가야 하는 안건이니만큼 아이들이 더 많은 의견을 냈다. 엄마, 아빠가 중간에서 조율하거나 의견을 정리했다. 결국 그날의 회의는 '게임은 한 달에 4시간을 한다.'로 결론이 났다. 학교 수업 등 자기가 해야 할 일들을 마치고 난 후에 하고 싶은 날, 하고 싶은 만큼 한 달에 총 4시간을 하는 것이다.

회의가 끝나자마자 큰아이가 컴퓨터를 연다. 그리고 발 빠르게 게임 시간 사용 체크표를 만든다. 그리고 동생들에게 나누어 주고 사용법도 알려준다. 딸들은 스스로 몇 분 알람을 해놓고 게임을 한다. 알람이 울리면 바로 게임을 끈다. 옆에서 보고 있는 엄마가 오히려 안쓰러워 "뭘 하다 말고 꺼. 그만큼은 마무리하고 시간을 빼지." 하니 누구 할 거 없이 셋이서 합창을 한다. "우리가 알람이 울리면 바로 끄는 것으로 결정했어요." 함께 회의하고 나온 결과에 대해서는 엄마가 관여하지 않아도 너무나 주체적이고 자발적으로 지켜나간다.

우리는 이렇게 가족회의를 활용한다. 물론 모든 일은 아니지만 특히 아이들에게서 어떠한 안건이 나오거나, 아이들이 해나가야 할 일이라면 아이들과 회의를 통해 함께 결정한다. 이렇게 가족회의로 문제를 풀어나갈 때 아이들이 회의에 임하는 자세와 그 후에 회의결과를 지켜나가는 모습은 평소와는 사뭇 다르다.

아이들은 회의를 통해 의견을 피력할 줄도 알게 되고 협의하는 것도 배우게 된다. 때로는 100% 내 맘에 들지 않더라도 그 가운데서 타협점도 찾아보고 일 보 후퇴해서 조율 안을 내보기도 한다. 일방적으로 정해진 것이 아니라 다른 맴버들도 합의점을 위해 조금씩 양보했거나 내 생각보다 더 좋은 의견이라는 것을 인정하기 때문에 순응하게 된다. 엄마가 호통을 치며 강제적으로 끌고 갈 때와는 차원이 다른 모습이다.

물론 때로는 엄마 마음대로 정하고 우격다짐으로 끌고 가는 것이 더 편하게 느껴진다는 것을 십분 이해한다. 그러나 아이가 커가면서 그렇게만 할 수 없다는 것을 인정하게 될 것이다. 그리고 가족회의를 거쳐 결정된 사항에 대해 수긍하고 순응하는 모습을 보며 가족회의의 유익성을 깨닫게 된다.

이것 외에도 우리는 아이들이 어릴 때부터 가정의 굵직한 문제들이 있으면 아이들과 공유하며 함께 기도해 주기를 부탁한다. 그리고 그 문제가 해결되거나 진행 사항이 달라지면 그것 또한 공유하며 고마움을 전하기도 하고 함께 기뻐하기도 한다. 이러한 과정에서 아이들은 자신이 가족 구성원으로 큰 역할을 하고 있음을 느끼게 된다. 자신을 기특하게 여기고 자신을 스스로 자부할 수 있게 된다.

온·오프라인 지식 공유 플랫폼 기업인 ㈜디쉐어의 창업자인 현승원 대표님 또한 가족회의의 유익성을 말하고 있다. 창업 8년 만에 매출 720억 원(2019년 기준)의 교육기업을 일구어 낸 그는, 그의 저서 《믿음 주는 부모 자존감 높은 아이》에서 아이들과 함께하는 가족회의를 부모님들에게 권하고 있다.

자신은 항상 회사를 경영하면서 바쁜 와중에도 여러 의견을 수렴하기 위해 노력한다고 말한다. 그 이유는 생각을 나누다 보면 미처 생각지도 못한 해결책을 발견하기 때문이라고 말하며 이 습관은 어릴 적 가족회의에서 가져온 것이라고 말한다. 누군가가 안건이 있거나 고민이 있으면 저자의 가족은 모든 식구를 소집해 어릴 적부터 가족회의를 진행해 이야기를 나누었다고 한다. 현승원 대표의 경영

노하우에 가족회의에서 배운 유익성이 들어 있음을 볼 수 있다.

아이를 가족회의의 구성원으로 동참시켜라. 자녀들을 가정이라는 작은 공간에서 회의를 통해 동등하고 당당한 일원이 되게 하라. 회의를 통하여 아이는 더 적극적으로 자기 생각을 들려줄 것이고 깊게 생각하고 발언하게 될 것이다. 자신이 목소리를 내고 의견을 낼 수 있는 가족회의 시간을 기다리게 될 것이고 정해진 것들을 자발적으로 지켜나가게 될 것이다.

아이가 어려서 회의라는 용어 자체가 이질감이 느껴진다면 거창하게 가족회의라고 이름 붙이지 않아도 좋다. 앞서 말했듯이 아이에게 가정의 굵직한 일들을 아이의 용어로 설명해 주고 아이의 생각을 들어보아라. 그리고 진행 상황을 공유해 주어라. 그리고 아이의 가족 구성원이, 이 일에 어떠한 힘이 되고 있는지 설명해 주어라. 아이는 그 안에서 자부심을 가지고 성장하게 될 것이고 가족회의의 유익성을 접하게 될 것이다.

제5장

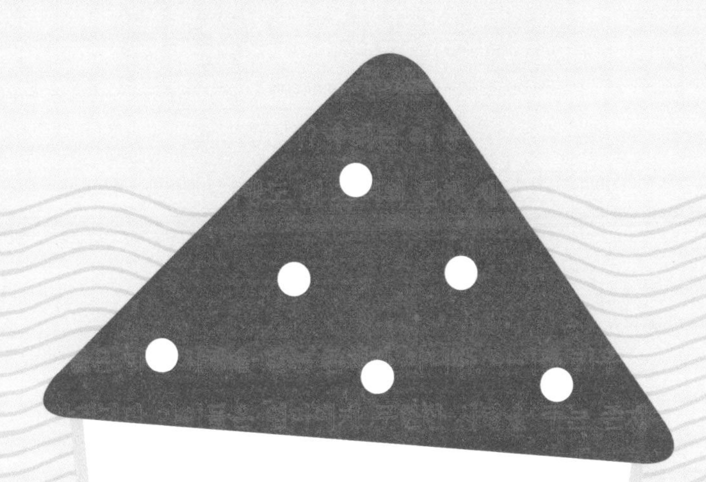

엄마도 아이도 행복한 믿음 육아

아이를 믿어 줄 때 선명해지는 육아의 길

× × ×

고등학교 시절 소위 말하는 날라리 껍데기인 후배를 알게 되었다. 별로 친하지 않은 친구인데 우연한 계기로 후배가 나를 따르기 시작했다. 어떤 날은 직접 만든 열쇠고리를 선물하기도 하고 오가며 만나면 "언니! 언니!" 하며 따라오곤 했다. 그 친구를 보면 노는 친구 같은데 크게 사고도 안 치고 조금 다르고 신기하다는 생각이 들었다.

내 생각을 얘기하니 후배가 의미심장한 말을 했다. "언니 나는 말이야. 사고 안 쳐. 왜인 줄 알아? 엄마가 날 믿어 주니까. 그 믿음이 너무 확고하니까 내가 그 믿음을 깰 수가 없어. 그래서 내가 좀 노는 거 같아도 난 사고 안 쳐. 앞으로도 사고 칠 일은 없을 거야!" 후배는 밝은 표정으로 엄마의 확고한 믿음이 자신을 붙들고 있다는 말을 자신의 언어로 들려주었다. 그렇다. 부모의 믿음은 아이를 붙드는 힘이 되어 준다. 그리고 그 사랑과 믿음 속에서 성장한 아이는 참 행복한 아이일 것이다. 어쩌면 많은 아이가 이 믿음에 배가 고파 다른 길들을 선택하는지도 모르겠다.

어린이집에서 근무하고 교육학을 전공하며 아이들이 조금 더 편안하고 행복한 세상이 되면 좋겠다는 생각을 많이 했다. 지금은 세 아이를 키우는 엄마로 살아가다 보니 그 생각은 더욱 간절한 소망이 되었다. 학생 상담 자원봉사자 연수를 하며 경기도권 아이들의 자해와 자살 실태를 밀도 있게 듣게 되었다. 놀랐던 것은 예전에 비해 그 연령이 더 낮아져 초등 저학년 친구들에게도 이러한 빈도가 높아지고 있다는 사실이었다. 거기다 공부에 대한 스트레스가 원인의 큰 비중을 차지한다고 하니 안타까운 일이다.

여성가족부의 통계에 따르면 2017년 인구 10만 명당 기준으로 청소년(9~24세) 사망원인 1위가 자살(7.7명), 2위 운수사고(3.4명), 3위 암(2.7)이라고 했다. '청소년이 죽고 싶은 이유'는 학교 성적(40.7%), 가족 간 갈등(22.1%), 선후배 · 또래 갈등(8.3%) 순으로 나타났다고 한다. 피치 못 할 병이나 불의의 사고로 죽는 아이들보다 자기 스스로 자신의 목숨을 포기하는 친구들이 더 많다는 것이다. 그리고 그 이유의 높은 비율이 성적에 있다는 것이 뜻밖의 내용은 아닐 것이다.

교육 강연 영상에서 이러한 사례가 담긴 내용을 접하게 되었다.

꽤 우수한 성적의 친구가 부모의 높은 기대감과 성적 압박에 힘들어하며 몇 번의 도움을 부모에게 요청했다고 한다. 자신의 모든 요구가 무시된 채 "1등만 하면 다 해결돼. 너도 알게 될 거야. 하라는 대로만 따라와. 그럼 너도 결국 만족하게 될 거야. 목표는 1등이야."라고 엄마는 말했다. 그 후 딸은 엄마에게 1등이 찍힌 성적표를 내밀더니 "이제 됐지. ○○야."라는 말을 남기고 그 자리에서 죽음을 택했다고 한다. 자녀가 누구보다 행복한 삶을 사는 것이 모든 부모의 마음일 것이다.

하지만 아이 본연의 모습을 믿어 주지 못하고 아이에게 원하는 모습을 해낼 것이라는 믿음만 강요한다면 아이는 불행할 수밖에 없다. 목표만을 강요하는 부모님께 인격적으로 대우받지 못했다는 마음이 엄마에게 그런 비인격적인 말을 남기고 떠나게 한 것이다.

흔한 눈으로 바라볼 때는 미래가 없어 보이고 저렇게 사고 치다 잘못된 길을 선택할 것 같은 친구는 앞에서 말한 바로 그 후배였을지도 모른다. 공부는 좀 못하고 사람들 눈에는 언제 사고 칠지 모르는 불안정해 보이는 딸이지만 그 딸을 온전한 믿음으로 바라봐 준 엄마 덕분에 후배는 지금도 언제나 맑음이다. 자기만의 액세서리 사업을 하며 여전히 자신의 길을 행복하게 가고 있다. 자신을 늘 믿어 주는 엄마를 끔찍이 여기는 것은 두말할 것도 없다.

아이를 믿어 주는 것 안에는 놀라운 힘이 있다고 생각한다. 존재 자체로 감격하며 아이의 그 모습 그대로 괜찮다고 말해줄 때 아이는 안정감 안에서 성장한다. 아마도 내가 저출산 시대에 아이 셋을 낳고도 출산드라처럼 순풍순풍 순산으로 낳았다면 넷도 좋았겠다고 외칠 수 있는 것도 육아의 정답이 여기에 있다고 생각하기 때문일 것이다. 늘 아이들 스스로 아이들의 길을 잘 가줄 것이라는 믿음이 내 중심에 있다. 육아에도 정답이 없듯 자신의 길에도 정답이 어디에 있겠는가? 길이라는 것이 걷다 보면 나오고, 없던 길도 만들어지는 것이 길이 아니던가? 지금 마음과 몸이 건강하고 자신을 사랑하는 아이로 자라고 있다면 잘 자라고 있는 것이다.

그런데 이렇게 말하고 있는 나도 내 안에 숨어 있는 불편한 진실들을 만날 때가 있다. 아이들을 믿어 주는 믿음 육아라고 말하지만 그 믿는 도끼에 발등이 찍힐 때면 내 액면가가 드러난다. 순수하게 아이들의 마음과 몸만 건강하기를 바라는 것이 아니라는 것을 깨닫게 된다. '알고 보니 아이들이 잘해 주었구나.'라는 것을 알게 된다.

생각지 않게 아이의 부족한 모습과 맞닿게 되면 그제야 베일을 벗고 나를 정면으로 만나게 된다. 여전히 내 안에 있는 욕심, 기대치들을 대면하고 만다. 믿음 육아를 했을 때의 건강한 아이들의 표본으로 자라주기를 은근히 바라는 내 마음이 고개를 내민다. '아이들 사교육 좀 안 하면서 크면 안 되나?, 아이들이 맘껏 놀면서 크면 안 되나?' 하는 내 반항기가 육아 도전기가 되어 그냥 좀 그렇게 안 키워도 잘 큰다고 보여주고 싶었는지도 모른다.

나 또한 아이들의 모습에 화가 나거나 실망감이 찾아올 때, 내 마음대로 하고 싶은 마음과 내 안에 숨어 있는 욕심들을 만나게 된다. 나도 내가 바라는 교육 철학과 내 마음에 숨어 있는 불편한 진실들과 계속 힘겨루기를 해야 할지 모른다. 나는 점점 더 내 안에 숨어 있는 욕심들이 힘을 빼기를 바란다. 순도 백은 못 될지라도 고순도를 바라보며 믿음 육아의 길을 가기를 원한다.

아이들이 어릴 때부터 우리 집엔 그 흔한 방문 선생님도 오시지 않았고 가는 학원도 없었다. 음악을 좋아하는 딸들은 피아노와 체력을 단련하는 합기도 외에는 아이들 스스로 해 나갔다. 늘 마음 한편에 아이들보다 내 욕심이 앞서지 않기를 바라는 마음이 있었기에 방문 선생님을 모시는 것조차 한 번 더 생각해야 했고 주저하게 되었다. 그리고 아이들 스스로 충분히 할 수 있다고 믿었다. 그런데 육아를 하다 보면 육아 선배들이 묻지도 않은 훈수들을 쏟아 놓을 때가 있다. 영어, 수학은 학원 없이는 힘들다는 말들, 피아노 전공할 것도 아닌데 얼마 후면 중학생인 아이를 취미로 피아노를 가르치냐는 말들을 듣고 있으면 내가 듣고 싶은 말들에 갈증이 났다.

그때 이적의 엄마로도 유명한 박혜란 여성학자의 《믿는 만큼 자라는 아이들》, 《다시 아이를 키운다면》을 읽으며 내가 쓴 책인 양 내 속을 후련하게 해 주는 책에 한없이 유쾌, 상쾌, 통쾌했던 기억이 난다. 저자는 말한다. 아이들을 아이들 뜻대로 자라게 하지 않고 부모의 뜻대로 키울 만큼 얼마나 성숙한 뜻을 가지고 있는지 묻는다. 아이를 키울 생각을 하지 말고 아이들 스스로 무럭무럭 커 가는 모습을 바라보는 그 참을성 있고 어려운 일이 아이를 잘 키우는 일이라고 전한다.

우리는 누구나 자녀들이 행복한 아이들로 자라기를 바란다. 그렇다면 찐하게 믿어 주자. 누군가의 믿음을 받으며 자란 아이는 그 안에서 자신을 지탱할 힘을 얻을 것이며 그 자라가는 과정 자체가 행복의 여정일 것이다. 아이들을 믿어 줄 때 아이뿐만 아니라 엄마에게도 육아의 길이 더 선명해질 것이다. 그 참을성 있고 어려운 일을 해내는 엄마가 되어보자.

아이는 엄마를 성장시켜주는 선물이다

×
×
×

결혼하고 한 십 년쯤 살다 놀라운 사실을 발견한 적이 있다. 바로 내가 족발을 무지 좋아했었다는 사실이다. 족발을 싫어하는 남자랑 한 십 년 넘게 살다 보니 내가 족발을 좋아했다는 사실조차 잊었던 것이다. 그런데 그게 나의 고통이었으면 이렇게 잊고 살지는 못했을 것이다. 그냥 함께 맛있게 먹을 것들을 찾고, 서로 좋아하는 곳을 바라보다 보니 나만 좋아하던 것들을 놓는 것이 어렵지 않았던 것 같다.

육아도 딱 그런 것 같다. 육아의 시간이 너무 좋아서 내가 좋아하던 것들을 까마득히 잊고 지내 온 시간이었다. 아니 너무나 소중한 너라는 것을 말해 주고 싶어서 엄마의 가장 소중한 시간을 쏟아

넣었는지도 모르겠다. 그러나 나는 육아에 폭 빠진 듯 아이들과 놀다가도 내 가슴 깊이에서 소란하게 날갯짓하는 소리를 들었다. 파닥거리는 그 날개들을 잠재우느라 혼자 며칠 동안 마음이 벅찬 날들이 때때로 찾아왔다.

아주 가끔은 뜻하지 않은 꿈을 꾸기도 했다. 꿈속에서 아이들을 활기차게 가르치고 열정적으로 일하고 있는 나를 만났다. 일하고 싶은 것도 아니고 까마득히 잊고 있는데, 너무 생뚱맞은 꿈이다 싶으면서도 내 무의식에서 말하는 갈증들을 대면하는 것 같았다. 아이들은 더디 크는 것 같은데 나만 한 살, 두 살 나이를 먹어가는 것만 같았다. 그런 생각을 하다 보면 활발히 일하는 꿈속의 여인은 아련히 멀어져 갔다.

물론 나는 일하고 싶지 않았다. 나는 아이를 키우는 것에 온전히 집중하고 싶었다. 다만 '아이들이 크고 막내가 초등 고학년쯤 되면 이제 육아에 손을 털고, 마치 세 딸과 동지애를 불태우듯 서로를 응원하며 각자의 땅을 개척하고 기경해 가리라.'라고 생각했다. 늘 내가 정한 유예기간을 가슴 깊이 기다리고 있었다.

어쩌다 보수교육이라는 이름으로 유아교육 강의를 듣는 일이나 다른 강연을 듣는 일들이 있었다. 그럴 때면 강사님들을 보며 '내가 있을 자리인데 나는 아직도 아이들과 종종거리며 이러고 있네.'라는 마음이 들었다. 아가씨 때부터 경영에 대한 야심은 없었다. 그러나 나는 교육에는 마음이 많았다. 현장에 계시는 원장님들이나 교수님들의 강의를 듣고 나면 데이터를 분석하듯 개인적으로 강사분께 질문을 했다. "아이들은 어떻게 키우셨어요?"라는 질문에 아이를 낳고 딱 한 달 쉬어봤다는 분도 만나보았다. 출산 후 한 달 산후조리가 전부이고 여태 쉬어 본 적이 없이 일하신 것이다. 그리고 양가 어머니들이나 누군가가 육아를 전담해 주셨다는 이야기들이 대부분이셨다.

이런 답을 듣는 날이면 나 자신에게 '다 가질 순 없어. 선택인 거야. 무엇 하나는 놓아야 하는 거지. 네가 가장 좋은 것을 선택했잖아.'라는 대화를 내면의 나와 해야 했다. 이렇게 때때로 잠자고 있던 갈증이 일어나 소용돌이가 되어 흔들다 지나갔지만 후회도 없었고 내 플랜에 대한 재고도 없었다. 자투리 시간에 나의 성장을 꿈꾸고 전적으로 아이들과 함께했다. 아이들과 함께 하는 소중한 시간을 통해 나는 정말 엄마가 되어 가고 있었다. 그리고 내가 바라보는 그때가 되면 나는 또 내가 원하는 내가 되기 위해 잘 걸어갈 것이라고 확신했다.

첫아이를 안으며 '세상의 어느 누구도 소중하지 않은 사람이 없구나. 누군가에겐 다 이렇게 귀한 자식이구나.'라는 생각이 머리가 아닌 가슴으로 느껴졌다. 이론으로는 다 알 수 없는 깨달음들이 육아의 현장에 숨어 있었다. 알고 있던 교육학적 이론들과 삶의 괴리에서 나만의 답을 찾아갔다. 그러면서 어른이 되어갔다. 엄마가 되어서야 비로소 엄마 마음도 아는 어른이 된 것이다.

우리 엄마는 아빠 역할까지 하느라 생활력이 강하실 수밖에 없었다. 언니, 오빠가 다 출가하고 엄마와 둘이 지낼 때도 새벽같이 나가시면서 늘 출근하는 나를 위해 아침상을 식탁에 차려 놓고 가셨다. 식탁 위에는 내가 먹을 찬과 숟가락, 젓가락이 놓여있었다. 심지어는 빈 밥공기까지 준비되어 있어 따뜻한 밥만 덜어 먹으면 되었다.

그런데도 먹는 것을 포기하고 조금 더 자는 게 좋을 때가 많았다. 그런 날은 헐레벌떡 출근 준비를 하고 나가느라 빈 공기에 공갈로 밥풀 몇 개를 붙여서 설거지통에 넣고 가곤 했다. 그랬던 내가 결혼을 해서 국이 없으면 밥을 못 먹는 남편을 위해 아침잠을 아끼며 아침상에 찌개나 국을 올려 아침밥을 차렸다.

보고 배운 대로 한다고 했던가? 나도 어느덧 엄마가 되고 보니 딸들이 아침을 안 먹으면 어떻게 되는 줄 알고 열심히 아침상을 차린다. 내 한 몸 추스르기도 벅찼던 여자는 아내가 되고 엄마가 되어 혼자가 아니기에 많은 일들을 해내고 있었다. 엄마라는 이름을 가지게 되니 체력이 방전되어 탈이나 온종일 토하고 물도 못 마시는 날에도 아이를 위해 종일 모유 수유하는 괴력을 발휘했다.

인생 선배들의 말이 있었다. "아이들이 어릴 때는 몸이 힘들지만 그게 더 나아. 좀 커봐. 마음이 힘든 시기가 온다니까." 이게 무슨 블

랙홀이란 말인가? 아이들이 어릴 때는 '지금 같기만 하겠어. 자고 싶을 때 자고 편히 좀 먹고 싶어.'라고 생각했다. 그런데 조금씩 아이들의 몸이 자라고 엄마가 몸으로 해줄 것이 적어지자 내 안에 생각이 많아지기 시작했다. 무엇이 맞는 것인지 묻고 또 물어야 했고 여전히 어린아이 다루듯 내 맘대로 하고 싶은 나를 내려놓아야 했다. 엄마가 되지 않았으면 몰랐을 그 수고의 시간을 보내고, 엄마이기 때문에 깊어지는 시간을 보내고 있었다.

글을 쓰는 동안 우리 아이들이 다시 학교에 가는 그날을 손꼽아 기다렸다. 그러나 '코로나19'로 2020년 한해를 근 24시간 육아 모드로 보냈다. 일주일에 한 번 돌아가며 학교에 가니 결국 혼자 있는 시간은 어려웠다. '아! 혼자 우아하게 글 쓰고 싶다.'라는 생각을 많이 하게 됐다. 여름 방학 기간에 정말로 그런 황금 같은 며칠이 내게 찾아왔다.

그런데 반전이었다. 엄마가 언제 나가나 기다렸던 중학생 아이처럼 아이들이 집에 없자 해방감을 느낀 나는 정말 풀어져 지냈다. 남편도 회사에서 저녁까지 먹고 오니 삼시 세끼에서 해방되어 너무 좋았다. 음식과 설거지를 안 한다는 기쁨에 빵과 우유나 편의점 도시락으로 때웠다. 시간이 있다고 생각하니 새벽 기상도 내려놓게 되었다. 그 며칠 깨달았다. '아이들 때문에 글을 못 쓰는 것이 아니었구나. 아이들 덕분에 생활의 규모가 있었구나. 본이 되기 위해 잘 살려 했구나.'라는 것을.

무엇보다 아이들과 24시간 늘 함께 있었기 때문에 '그런 척' 하며 글을 쓸 수가 없었다. '그런 척' 살 수 없었기 때문이었다. 함께하는 시간이 적으면 그 시간에 총력을 기울여 잘하면 되지만 늘 함께 있다 보니 내 모습이 여실히 드러났다. 건성으로 넘기던 문제들이 반복되면서 갈등 상황들이 뚜렷하게 색을 드러냈다. 사춘기를 맞은 딸까지 등장해 생각이 많아졌다. 처음엔 아이들에게서 문제를 찾았었다. '이 친구는 이게 문제구나. 이 딸이 늘 이런 패턴으로 갈등을 일으키네.'라는 생각에 훈계도 많아지고 목소리도 높아져 갔다.

그러나 그것으로 문제가 해결되고 답이 찾아지지 않자 말을 아끼고 깊이 생각하게 되었다. 내가 할 수 있는 방법들을 하나하나 몸으로 적용하려고 무던히 애를 쓰며 답을 찾아가게 되었다. 아이들의 모습에서도 각각의 색들이 어우러져 갔다. 처음엔 '왜 이 시기에 글을 쓰게 되었을까?'라는 생각을 했다. 그런데 나중에는 이 시기여서 오히려 감사하다는 생각을 하게 되었다. 이 시기가 있었기에, 후에 빙산의 일각처럼 크게 모습을 드러낼 문제들을 그냥 지나치지 않고 직면해서 해결할 수 있었고 '척'을 내려놓고 글을 쓸 수 있었다. 내가 변할 수 있는 시간이 되었으며 깨닫고 성장하는 시간이 되었다.

꽃이 떨어져야 열매를 맺는다. 마냥 꿈 많고 예쁘던 꽃은 떨어졌다. 그러나 꽃이 떨어졌기에 그곳에서 열매가 맺힌다. 가장 가치 있고 보배로운 자녀라는 열매가 자라고 있고 '척'과 겉치레가 빠진 소박하지만 진실한 열매들이 알알이 맺히고 있다. 꽃이 떨어진 자리에서 엄마라는 이름으로 열매 맺어가고 있다.

가끔은 엄마 말고 '나'로 살아도 괜찮아

나는 아이들을 전적으로 내 손으로 키우는 전업 맘을 택했다. 유아교육을 공부하며 가장 공을 들일 시간이 임신 기간부터 초등학교에 들어가기 전까지의 시간이라고 생각했기 때문이다. 그 시간만큼은 아이들에게 내 모든 시간을 양보하리라 마음먹었다.

이 시기에 안정적인 애착을 형성하고 양육자와 깊은 유대관계를 맺는 것이 평생에 걸쳐 영향을 줄 정도로 중요한 것이기 때문이다. 그래서 아이들에게 하염없이 나의 시간을 낭비해도 좋다고 생각했다. 그렇게 공을 들여 키운 후, 아이들이 초등학교 고학년이 되면 그때는 이제 '육아 졸업이다'라는 나만의 예정표가 있었다. 그때만 되어봐라. '이 엄마는 날아다니리.'라는 야심 찬 바람을 품고 있었다.

나는 집에서 편한 옷차림으로 아이들과 뒹굴고 뛰어노는 엄마였지만 가슴엔 늘 내 이름 석 자가 또렷하게 살아 있었다. 그리고 늘 내 꿈을 향한 생각으로 꽉 차 있었다. 그날도 여덟 살, 여섯 살, 세 살 딸들이 거실 가득 장난감을 꺼내어 놀고 있고 나는 식사를 준비하고 있었는데 불현듯 아이들에게 좀 미안하다는 생각이 들었다.

어젯밤에도 나는 아이들을 재우고 책을 읽었다. 육아서가 아닌 자기 계발서였고 나의 공부와 독서나 글에 관한 책들이었다. 책을 읽으며 한 칸에 내 비전이나 소망을 적고 있었다. 나의 앞으로의 길에 대해 생각이 많았다. 내 생각에 바쁜 내가 좀 이상한 엄마가 아닌가라는 생각도 들었다. 주방 일을 하면서도 한쪽 주머니에는 꿈을 가득 채워 넣고 조물조물 만지고 있었다. 엄마들은 보통 이 시기에 아이들을 보며 무슨 교육이 좋을까? 우리 아이를 어떻게 키우면 좋을까? 고민할 텐데 가슴 가득 내 생각을 하는 나는 이기적인 엄마가 아닌가 하는 마음도 들었다.

그런데 연이어 문득 또 다른 생각이 들었다. 어쩌면 내 이름 석 자가 내 가슴에 이렇게 살아있어서 다둥이 독박 육아에 힘이 들어도, 이렇게 우울증 없이 건강하게 살아가고 있는 것은 아닐까? 하고. 엄마라는 이름으로 삶의 형태가 놓여 있지만 나는 늘 내가 생각하는 육아 독립의 시기를 생각하며 그림을 그리고 있었다. 그 생생한 그림이 잠시 쉴 피난처도 되고 육아의 생동감과 원동력을 주었던 것을 깨닫게 된 것이다. 그렇다. 우리 안에는 엄마라고 불리기 이전부터 가지고 있던 내 이름 석 자가 있다.

엄마의 손과 발이 없으면 아무것도 하지 못하고, 아무데도 가지 못했던 아이들이 독립적인 개체가 되어 움직일 때가 온다. 그때 내 이름이 날갯짓을 할 수 있도록 똥 기저귀를 갈고 아기 띠를 하고 있어도 마음껏 나를 생각하길 바란다. 우리는 때가 되면 그 이름을 꺼내 써야 한다. 육아에 씨름하는 엄마들에게 그때가 온다.

나는 육아를 하는 엄마들이 가끔은 육아에서 벗어나 나만의 시간을 가져야 한다고 생각한다. 나에게는 오랜 시간 뜻을 같이하며 독서 모임을 하는 지인들이 있다. 한 달에 한 번 만나 책을 나누고 삶을 나누는 시간은 내게 의미가 있는 시간이다. 또 마음을 깊이 있게 나누는 지인이나 자주는 못 만나도 일 년에 한두 번은 꼭 시간을 내서 만나는 깊은 친구들이 있다. 그럴 때면 남편에게 돌쟁이 막내까지 맡겨 놓고 나가게 된다. 모처럼 아내가 가지는 시간을 십분 존중해 주는 남편이 있기 때문에 가능한 일이다. 나 또한 그 시간을 누리는 것에 당당하다. '열심히 일한 당신 떠나라'라는 오래된 광고 카피 문구처럼 육아하느라 고생한 나에게 당연히 주어야 할 시간이라고 생각하기 때문이다.

나만의 생일이나 이벤트가 있는 날이면 나 혼자만의 공연이나 강연을 듣고 오기도 한다. 남편 찬스를 써야 하니 남편은 함께 할 수가 없었고 딱히 누가 함께 있어야 할 이유도 없었다. 가슴 설레는 내 마음이면 충분했다. 나만의 힐링 타임이다. 자주는 아니지만 나는 나로 돌아가는 시간을 첫아이 때부터 가져왔다. 늘 아내를 이해해 주고 지지해 주는 남편 덕분이었다. 나는 이렇게 나만의 시간을 가질 때면 집 걱정, 아이들 걱정은 없다. "이모 집에는 엄마가 둘이야."라고 조카들이 말할 정도로 자상하고 살뜰한 남편 덕분이기도 하지만 가끔 육아에서 잠시 떨어져 있는 시간은 필요하다고 생각했기 때문이다.

비교적 일찍 결혼한 친구 중에 남편은 괜찮다고 하여도 스스로 마음이 놓이지 않아 그 시간을 누리지 못하는 친구가 있었다. 아이들 옆을 잠시라도 떠나 혼자 무엇을 하는 것을 자기에게 허락하지 않았다. 아이들이 한참 자라고 나서 친구가 들려준 말이 있었다.

"엄마인 나도 나의 행복을 생각했어야 했어. 그때는 그렇게 해야 한다고 생각했는데, 어느 정도 키우고 돌아보니 후회되더라. 내가 너무 애들 생각만 하고 키웠더라고."라며 그때를 돌아보면 마음이 답답해 베란다에 자주 서 있었고 베란다에 서 있다 보면 안 좋은 생각도 들었다고 했다. 이제 와 생각해보면 아이들을 두고 가끔 자기만의 시간을 가졌으면 덜 힘들었을 것 같다고 했다.

때로는 엄마에게도 힐링 타임이 필요하다. 도리어 그 시간이 남편과 아이들만의 추억을 쌓는 시간이 될 수도 있고 아빠표 요리가 계발되는 시간이 될 수도 있다. 가끔은 엄마들도 아이들을 잊고 나만이 누리는 시간을 가지길 바란다.

나는 아이들을 금이야 옥이야 하지 않는다. 응석을 다 받아주는 엄마도 아니다. 식사 시간이 되면 아이들에게 미션을 준다. 유치원생이어도 사소하게 숟가락을 놓는 것 정도는 다 할 수 있다. 우리 집에선 엄마가 준비한 반찬을 나르거나 물을 준비한다든지 식사 전 준비를 아이들도 돕게 한다. 차려진 밥을 먹는 것을 당연한 것으로 여기는 아이들로 키우고 싶지 않은 마음에서이다. 젤 크고 맛있는 것은 아빠 것으로 먼저 챙겨놓을 줄 알고, 예쁘고 귀한 것을 엄마 입에 넣어줄 줄 아는 아이들로 자라야 한다고 생각한다.

그리고 음식을 먹을 때마다 감사하는 마음을 갖길 원한다. 엄마의 다른 기회비용과 맞바꾼 고결한 밥상이 아니던가? 아이들은 응당 엄마의 수고에 감사해야 한다는 마음이 내겐 있다. 엄마는 당연히 밥을 하고 집안을 정돈하는 사람이 아니라는 것을 아이들도 알아야 한다고 생각한다. 그리고 엄마가 너희와 함께 하는 시간이 엄마에게 얼마나 소중한지 늘 얘기해 준다. 그것이 너무 소중해서 엄마가 많은 것을 할 수 있는 여자인데 너희와 함께하노라고 생색을 낸다. 고맙게도 우리 딸들은 엄마가 만든 요리에 진심으로 감사할 줄 안다.

그런데 내가 아이들에게 식사 준비를 돕고 엄마의 수고에 진심으로 감사하도록 양육하는 이유가 또 있다. 바로 여자로 살아갈 세 딸의 식탁을 딸들의 가족들이 당연한 것으로 여기길 원치 않기 때문이다. 사랑받고 존중받는 엄마가 된 딸들의 모습을 그려본다.

엄마인 내가 나를 생각하고, 아끼는 것은 육아에서 꼭 필요하다. 그 모습을 통해 아이들도 배우게 되고 엄마가 자신들을 찰떡같이 믿고 있기에 가능한 일임을 아이들도 알게 된다. 그 믿음 안에서 아이들도 독립심을 가지고 자기를 생각하고 계획하게 된다. 엄마는 엄마 생각하기에 바쁘다는 것을 알고 자기 살길을 찾는 것이다. 나를 아끼고 사랑하며 당당하게 누리고 당차게 육아하는 엄마가 되자.

서두르지 않고 기다릴 줄 아는 믿음 육아

×
×
×

"네가 스스로 하기 전에 시켜서 미안해."라는 문장을 보는데 얼굴이 화끈거렸다.

《내가 들어보지 못해서, 아이에게 해주지 못한 말들》의 한 문장이다. 5장으로 되어 있는 책은 장마다 아이의 자기 긍정감을 키워 주는 말, 자기 표현력을 키워 주는 말, 안정감을 키워 주는 말, 성장의 기회를 주는 말, 믿음을 쌓는 말들을 담고 있다. 28가지의 가이드 되어 있는 말 중 내 마음에 가장 다가온 부분은 "너는 꼭 시켜서 해야 하니?"라는 핀잔의 말을 "네가 스스로 하기 전에 시켜서 미안해."라고 성장의 기회를 주는 말로 바꿔서 말하라는 부분이었다.

다둥이를 육아하는 엄마이다 보니 세 딸을 챙겨야 한다는 마음이 앞서 아이들을 보면 해야 할 일 리스트를 열거하고 점검하는 데 바빴다. 그때마다 내심 '알아서 딱딱 해 놓으면 얼마나 좋아. 이렇게 꼭 다 챙겨야 해? 같은 말을 세 번이나 해야 하나?'라는 생각이 들었다.

그런데 알게 되었다. 아이들이 안 한 것이 아니라 내가 기다려 주지 못했다는 것을. 조금 더 기다릴 수 있었다면 아이 스스로 하는 기특함을 더 많이 보았을 텐데 기다려 주지 못하고 앞서 말하고 있었다. 아이가 안 하는 것이 아니라 엄마의 참견이 빠른 것이었다. 아이들은 항상 자기가 해야 할 일들을 생각하고 있었다.

초등학교 1학년인 막내까지 내가 미처 생각하지 못하고 있는 부분이며, 자신의 챙길 것들을 얘기해 주었다. 그때마다 아이들도 해야 할 것에 대한 책임감과 부담감이 있어 스스로 다 생각하고 있다는 것을 알게 된다.

엄마들은 기다리는 것이 쉽지 않다. 아이를 챙기는 것을 일이라고 생각한다. 내가 해야 할 일 중에 또 하나의 일이라고 생각하니 아이의 속도와 무관하게 벌써 내 마음 속도는 과속을 밟고 있다. 아이는 아이의 속도에 맞게 하나하나 생각하고 있는데 엄마는 내 할 일을 빨리해 놓고 싶은 마음에 아이를 재촉하게 된다.

키즈카페나 공원에 있다 보면 가끔 아이들 놀이가 엄마 놀이가 되어 있는 광경을 볼 때가 있다. 아이가 블록을 끼우거나 무언가를 만들려고 할 때 아이가 도움을 요청하지 않았는데도 "줘 봐, 엄마가 해 줄게." "그렇게 하지 말고 이걸 이렇게 만들면 놀기에 훨씬 편하잖아." 하며 아이의 놀이에 끼어든다. 아이가 하나씩 해 나가는 즐거움을 엄마는 기다려 주지 못한다. 아이가 좀 더 잘하게 될 것 같은 부분이 눈에 띄더라도 아이가 직접 그것을 발견하는 기쁨을 빼앗지 말아야 한다.

유대인 부모는 아이들이 실행하는 과정에서 실수하더라도 나무라지 않는다. 유대인들은 자녀들이 실패나 패배로부터 교훈을 얻어 성장의 기회로 삼는다고 생각하기 때문에 아이들의 실수에 대해 관대하다. 심지어는 어릴 때일수록 더 많이 실수하고 실패하는 것이 좋다고 생각하고 아이의 실수를 낙관한다. 엄마가 이러한 성장의 관점을 가지고 있다면 아이가 더 잘했으면 하는 마음으로 간섭하는 것도, 실수에 대해 안타까워하는 마음도 기다리는 여유로 바뀔 수 있을 것이다.

아이들의 성장 속도는 다 다르다. 길게 보면 별문제가 아닌데도 아이들이 어렸을 때는 많은 부모가 그 작은 차이에 민감하게 반응한다. 우리 애는 이가 왜 이렇게 늦게 나는지부터 시작해서, 누구는 언제 걸었다더라, 그 아이는 한글을 벌써 떼고 책을 혼자 읽는다더라까지 엄마들의 비교는 끝이 없다. 아이의 걸음을 재촉하지 않고 기다려주면 자연스럽게 성장할 것인데 다른 아이와 비교하느라 애가 탄다.

다섯 살, 네 살 아이를 키우는 엄마가 있다. 다섯 살 친구는 발달장애의 진단을 받고 주중에는 발달센터에서 언어치료를 비롯해 여러 가지 수업을 받는다. 네 살 남동생은 엄마 껌딱지이다. 두 형제에게 조금도 눈을 뗄 수가 없고 마음을 놓을 수 없는 엄마의 모습을 보고 있으면 안쓰러웠다. 많이 지치고 힘들 텐데도 항상 따뜻하고 밝게 아이들을 정성으로 돌보는 모습에 마음이 많이 가고 의연하게 육아하는 모습이 눈에 들어왔다.

어느 날 함께 대화를 나누며 두 형제 엄마가 의연하게 육아할 수 있는 비밀을 알게 되었다. 첫아이가 배 속에 찾아왔을 때 기형아 2차 검사에서 기형 이상이 있다는 얘기를 듣고 검사를 했다고 했다. 감사하게 기형아는 아니었지만 에드워드 증후군 수치가 높아 고위험군이라는 말도 듣게 되었다.

에드워드 증후군은 태중에서 사망할 수도 있고, 정상 출산을 해도 빠르면 며칠, 길어도 2개월 안에 사망할 확률이 매우 높은 증후군이라고 한다. 그런데 십년감수의 시간을 거치며 아이는 정상의 결과를 받고 건강한 모습으로 태어났다. 네 살 아이가 말을 잘 하지 않았을 때 처음에는 또래보다 말이 느린 정도로만 생각했는데 아무리 봐도 이상해 검사와 상담을 거쳐 발달장애라는 것을 알게 되고 치료를 받는 지금 모든 순간에 감사하다고 했다. 나아지기를 바라고 다니지만 그렇지 않다고 해도 며칠만 품에 안아보고 떠나보낼지도 모른다고 생각했던 아들이기에 함께할 수 있는 것만으로 감사하다고 했다. 그때 알게 되었다. 왜 지인이 내 마음에 많이 들어와 있었는지. 왜 그렇게 덤덤하고 평온해 보였는지.

서두르지 않고 아이를 믿음으로 기다려 주고 있었다. 더 정확히 말하면 아이 존재 자체로 감사하고 아이를 믿어 주고 있었다. 옆을 보며 비교하고, 정해진 시간표에 아이를 비교하며 바라보았다면 하지 못했을 감사와 사랑이다. 내 아이를 서두르지 않고 아이 템포에 맞춘 성장에 기뻐하며 바라보는 것은 강력한 무기라는 생각마저 들었다.

서두르지 않고 기다려주는 믿음 육아는 내가 생각하는 그림으로 언젠가는 되겠지 하며 기다리는 믿음이 아니다. 아이의 있는 모습 그대로를 감사의 마음으로 바라보며 아이를 믿어 주며, 아이의 자리에서 일어나는 변화와 성장을 마음으로 받아들이고 응원하는 것이다.

기다림을 가지고 바라볼 수 있는 믿음 육아를 위해 한 가지 명약이 있다. 그것은 바로 조망 효과를 기억하는 것이다. 조망 효과(The Overview Effect)는 우주 비행사였던 화이트와 프랭크가 처음으로 사용한 신조어이자 그들이 쓴 책의 제목이다. 아주 높은 곳, 끝없이 펼쳐진 우주에서 지구라는 별을 본 뒤에 일어나는 가치관의 변화를 말한다. 여러 우주 비행사들이 우주를 다녀온 뒤로 가치관에 큰 변화를 겪게 된다고 한다.

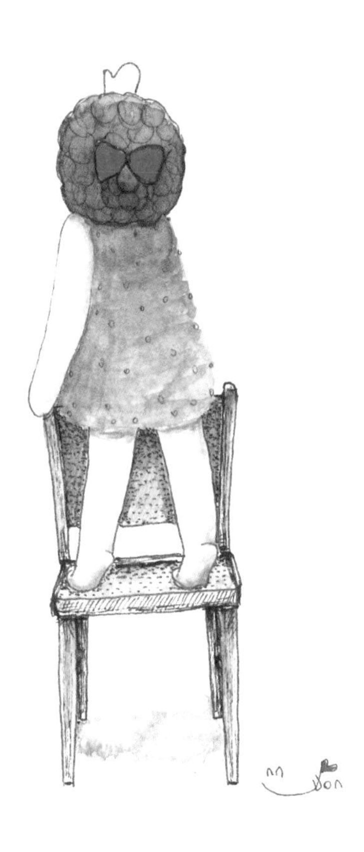

멀리서 보는 지구는 인간을 비롯한 생명체는 물론 국가의 형체조차도 보이지 않는다. 우주 밖에서 바라보면 너무나도 아름다운 별이 보이는데 그것이 지구이다. 국가 간에 선을 긋고 싸우며 살아가는 것들도, 좁은 곳에서 좁은 시야로 세상을 보며 아웅다웅하는 모습들도 모두가 의미가 없다는 것을 깨닫게 되는 순간이라고 한다. 과거에는 자신을 둘러싼 사람과 환경만을 생각했다면 인류에 대한 마음과 지구를 사랑하고 이타적인 삶을 살아야겠다는 넓은 가치로 변화가 일어난다고 한다. 큰 그림을 보고 나면 더는 이전과 같은 방식으로 살 수 없다는 생각과 삶이 변화되는 공통된 경험을 하게 된다는 것이다.

아주 높은 곳에서 큰 그림을 보고 난 후에 일어나는 가치관의 변화처럼 육아에도 조망 효과를 적용해 보자. 가치관과 철학을 가지고 높은 곳에서 바라보자. 지금 일어나는 작은 일들을 가지고 큰일인 것처럼 아이들을 들었다 놓았다 하지 말자. 내가 정해둔 시간표대로 가려고 서두르지도 말자. 멀리서 바라보면 그 모든 것이 제 모양대로 딱 맞았던 퍼즐 조각이었다는 것을 알게 될 것이다. 멀리서 바라보았을 때 다 맞추어진 퍼즐 그림에 감탄할 그 날에서 바라본다면 모두 다 'That's OK.'이다.

믿어 주는 엄마, 사랑 주는 아이들

어느 날 자려고 누워있는데 딸아이가 엄마 옆으로 와 자리를 잡는다. 자기 전 어둠 속에서 엄마랑 대화하는 시간을 은근히 즐기는 6학년 큰 딸이다. 침대 곁으로 와 엄마 옆에 눕더니 입을 연다. "엄마, 요즘 친구들이랑 얘기해 보면 엄마에 대한 느낌이 다 다르더라고. 내가 생각하고 있는 엄마랑은 많이 다른 느낌으로 엄마를 생각하고 있더라." 이런 말을 하면 나도 궁금증이 발동한다. 그래서 딸아이가 생각하는 엄마는 어떤 엄마인지 물었다. "친구 같은 엄마." 라고 딸이 말했다. 딸아이의 말은 너무 행복한 말이었다.

학창 시절 앙케트 질문에 '넌 어떤 엄마가 되고 싶어?'라는 항목에 항상 적어 놓았던 답이 '친구 같은 엄마'였다. 그러나 실제로 나는 마냥 친구 같은 엄마는 되지 못한다. 엄한 엄마일 때가 많다. 안 되는 것은 안 되는 것이기에 그렇게 관대하기만 한 엄마도 아니며 아이들에게 결핍도 약이라는 생각에 뭐든 호락호락해 주는 엄마도 아니다. 자기의 일은 스스로 하는 아이들, 책임감 있고 주도적인 아이들로 크기를 원해서 마냥 받아주고 도와주는 엄마도 아니다.

딸아이가 친구 같은 엄마로 인식하는 것은 왜일까? 가끔 딸보다 더 망가져 막춤을 추는 엄마, 딸과 같이 훈남 캐릭터에 홀딱 빠져 흥분하며 얘기하는 엄마, 못 말리는 공주병이라고 딸들에게 핀잔을 받는 엄마여서라는 어쭙잖은 답을 떠올려 보았다. 그러다 내가 얻은 답은 엄마가 자신을 존중해 주고 자기 생각에 귀를 기울인다고 생각하기 때문에 그럴 것이라는 생각이 들었다. 무엇보다 항상 나를 믿어 주는 엄마라고 느끼고 엄마가 자신을 존중하고 동격이라고 생각하니, 자신도 엄마를 자신의 동격이라고 생각하고 친구라 생각하는 것일 것이다. 이 밤도 딸아이는 침대에 나이 차이 나는 친구를 눕혀 놓고 학교 얘기며 친구 얘기며 이야기보따리를 풀기 시작한다.

'함성은 음악 너머의 음악'이라는 말이 있다. 노래하는 무대에 호응하는 관중이 없다면 그 무대는 빛을 잃을 것이다. 가수의 노래에 열광하는 함성이 있을 때 결국 무대는 완성된다. 아이들에게도 엄마는 그런 존재가 되어 주는 것 같다. 아이들의 소리에 메아리가 되어 주고 아이들의 음악에 울림통이 되어 주는 엄마가 있어 아이들의 모든 것이 의미가 있는 것이 아닐까 생각해 본다. 30년의 세월, 엄마와 딸이라는 자리 등 많은 것에 격차가 존재하지만 아이가 바라보는 것을 바라봐 주고 아이의 말에 장단을 맞추다 보면 딸에게는 둘도 없는 존재가 엄마가 될 수 있을 것이다. 좋은 벗은 참 의미가 있다. 벗이 있어 갈 수 없는 곳도 갈 수 있고, 할 수 없는 일도 하게 된다. 말 그대로 동행하는 벗이 있기 때문이다. 그렇게 아이의 걸음에 동행하는 벗이 되고 싶다.

헬리콥터 맘이 되어 아이의 일거수일투족을 따라다니느라 삶이 벅찬 엄마들이 있다. 내가 다둥이를 낳고 키울 수 있었던 것은 아이를 따라다닐 생각이 추호도 없었기 때문이다. 그 덕분에 첫 딸은 초등학교 1학년에 입학했을 때 집에서 버스로 세 정거장을 가야 했던 학교를 일주일의 적응기가 끝나고 혼자 오고 갔다. 엄마가 운전도 못 하는데다가 밑에 어린 동생들이 있었기 때문에 그럴 수밖에 없었다. 나는 딸이 잘 해낼 것이라고 믿었다. 어떻게 그걸 할 수 있을까 하며 걱정하거나 '벌벌' 하지 않았다. 딸 또한 나의 믿음대로 어려워하지 않고 여유 있게 등하교를 혼자 잘해 주었다.

아이들은 엄마가 다 줄 수 없는 많은 것들을 스스로 배워 간다. 다둥이 육아도 마찬가지라고 생각한다. 살뜰히 더 많은 것을 해 주는 것은 외동을 키울 때보다는 덜할 수밖에 없다. 항상 엄마의 손은 분주해 아이들 스스로 해야 할 일도 많고 무엇이든지 나누는 것, 조율하는 것을 배워야 한다. 더불어 살아가야 하기 때문이다.

그런데 그렇기 때문에 그 모든 것이 가치 있음과 배움이라고 생각한다. 엄마가 주지 못하는 것을 다둥이라는 이름으로 서로를 보듬어 가고, 서로 배워 가고, 채워 가는 것을 보게 된다. 인생에 있어 엄마가 줄 수 있는 최고의 선물이 형제라고 생각했다. 아이들의 모습을 보고 있으면 형제를 선물해 준 것이 최고로 잘했다는 생각이 든다.

나는 또한 사교육을 하며 키울 생각이 별로 없었기에 아이 교육비가 무서워 애를 못 낳겠다고 생각하지 않았고 엄마 힘으로만 키우는 것이 육아가 아니라고 생각했기 때문에 다둥이를 낳을 수 있었다. 엄마의 산도를 뚫고 이 땅에 태어난 아이는 스스로 살아가는 힘을 지니고 태어난다고 믿었다. 때로는 엄마가 다 채우려고 하는 양팔은 아이를 가두는 올무가 될 수 있고 좁은 세상이 될 수 있다고 생각한다.

아이의 모든 것이 엄마의 실력을 대변해 주듯 종종거리지 말자. 아이의 열등함을 엄마의 무능으로 연결하여 아이에게 우등만을 요구하지도 말자. 엄마가 뭘 어떻게 해 주어야 한다는 생각을 전환해 엄마가 믿음으로 바라봐 주어야 한다는 생각을 가진다면 실제로 엄마가 할 일과 할 수 있는 일은 그리 많지 않다는 것을 알게 된다. 아이는 엄마가 키우는 것이 아니라 스스로 크고 있는 것을 깨닫게 된다.

셋째를 가지기 전 내가 가장 고민했던 부분은 바로 아이들이 많아지면서 정서적인 부분을 다 채워 주지 못하면 어쩌나 하는 생각이었다. 독박 육아가 늘 벅찼던 나는 아이들의 필요와 사랑을 다 채워줄 수 있을까 고민했었다. 아이들은 모두 엄마의 사랑을 원하기 때문이다. 사랑 또한 부족함 없이 줘야 한다는 생각이 때로는 엄마를 더욱 가혹하게 자책하게 만드는 것 같다. 자녀에게 완전한 사랑을 주면 좋겠지만 누가 그것을 할 수 있을까? 그리고 그 완전한 사랑의 기준은 무엇이란 말인가? 우리는 이 부분에도 여백을 가져야 할 것이다. 자녀와의 사랑도 내 자녀와 함께 채워가는 공간이라고 생각하면 어떨까?

아이들은 마냥 사랑을 받는 존재가 아니다. 아이를 키우면서 느껴 보았겠지만 아이들은 엄마에게 무한한 사랑을 주는 존재이다. 엄마들이 어디를 가서 이렇게 온전한 사랑을 받을 수 있겠냐는 생각도 든다. 아이들이 어릴 적에 설거지를 하고 있으면 아이가 어느새 와서 품에 안긴다. 아이를 안아주기엔 엄마 옷은 반쯤 젖어있고 팔뚝에도 고춧가루와 오물이 묻어 있는 경우도 있는데 아이는 아무런 거리낌 없이, 거침없이 아장아장 걸어와 엄마 품에 안긴다. 그런 모습을 여러 번 경험하면서 정말 '자녀야말로 아무 조건 없이, 엄마라는 존재만으로 사랑을 주는구나.'라는 생각을 했다.

이 세상은 내가 없어도 큰 태가 나지 않는다. 아무 오차도 없이 어제와 같은 오늘이 계속되고, 사람들도 아무 일 없이 잘 살아갈 것이다. 그런데 엄마가 없어서는 안 될 존재가 있다. 바로 자녀들이다. 자녀들에게 엄마는 세상의 전부가 된다. 엄마란 없어서는 안 될 존재이며, 그 존재만으로 자신의 사랑인 것이다. 그렇게 엄마를 바라보며 사랑을 쏟는 아이의 전적인 사랑이 엄마를 이 땅에 꼭 있어야 할 존재로 만든다. 엄마들은 그 사랑을 받으며 강인한 엄마로 세워져 간다.

여러 가지 생각을 적어 놓은 노트를 우연히 보게 되었다. 5년 전 기록이었다. "엄마가 늘 너희의 편이라고 생각했어. 그런데 너희가 늘 엄마의 편이더라. 늘 사랑해 주고 감사하는 내 소중한 딸들아. 엄마도 많이 사랑해. 소중해. 감사해." 때로는 불안정한 사랑 같고 부족한 내 모습도 괜찮다고 자신에게 말해 주면 좋겠다. 아이가 함께 채워갈 것이다. 아이들은 그러한 존재이다. 더 좋은 엄마가 되고 싶도록, 될 수 있게 하는 것이 자녀들이다.

간섭은 아이를 달아나게 하고, 믿음은 다가오게 한다. 아이를 찐하게 믿어 주며 엄마 곁으로 다가오게 만들자. 곁에 다가온 아이의 사랑을 먹으며 육아의 합작품을 만들어 가자.

엄마의 행복이 아이의 행복이다

인생을 살면서 지나온 날은 후회를 잘 하지 않는다는《엄마의 감정공부》의 이지혜 작가는 유일하게 후회하는 일 한 가지가 있다고 한다. 바로 둘째가 태어났을 때 상황이 여의치 않아 태어난 지 한 달도 안 된 아이를 경상도에 살고 계시는 시부모님께 맡겨 자라게 한 일이라고 한다. 자주 내려가 보고 싶었지만 그조차도 여의치 않아 백일 날 한 번, 돌날 한 번, 딱 두 번 만나고 아이는 어느새 두 돌을 맞았다고 했다. 저자는 육아에는 때가 있고 아이 마음 교육에도 골든타임이 있다고 전한다. 그 시기에 받아야 할 사랑을 제대로 받지 못하고 자란 아이는 결핍이 생긴다는 것이다. 그 결핍은 오랫동안 나타나서 아이와 부모를 힘들게 한다는 것을 둘째의 육아를 통해 경험하였다고 한다.

나 또한 동일하게 어린 시절 홀로 있는 시간의 외로움과 허전함을 알기에 나는 육아에 있어 아이들과 함께 하는 시간을 사수했다. 정서적 안정이 그 기저의 얼마나 큰 힘이 되는지 알고 있기 때문이었다. 유아기에 엄마와의 첫 애착 형성이 관계 형성의 시작이 되어, 아이들은 그 경험을 기반으로 세상을 만나고 자신의 관계들을 확장해 나가기 때문에 유아기에 엄마와 함께하는 시간은 그 어느 시기보다도 중요하다. 내 경험을 생각해 보니 아이는 유아기뿐 아니라 그 이후의 시간에도 엄마와 함께 하는 시간을 원한다.

어릴 적 나는 마당 있는 3층짜리 단독 주택에 살았다. 유난히 꽃과 나무를 좋아하시는 엄마 손길 덕분에 넓은 마당에는 색색의 꽃들이 피어 있었다. 보라색 라일락이 향기롭게 피어있고 아침마다 나팔꽃이 전선을 따라 올라가며 꽃을 피웠다. 계절에 따라 돌아가며 꽃이 피고 때마다 장미가 새빨갛게 담장을 채웠다. 방울토마토가 대롱대롱 매달려 있기도 하고 이름 모를 꽃들이 옹기종기 피어 있었다. 분꽃을 따서 귀걸이도 만들고 봉숭아를 빻아 손톱을 물들였다.

그뿐만 아니라 아랫집, 윗집에 사는 오빠들과 또래 친구와 모두 모여 다방구, 사방치기, 비석치기, 술래잡기를 하며 신나게 놀았다. 우리가 어떠한 놀이를 해도 다 포용해 줄 수 있는 스케일 있는 마당은 해가 지는 저녁까지 우리의 놀이동산이 되어 주었다. 탐험가가 된 듯 신나고 행복했다. 꽃과 자연은 늘 선물과 놀잇감이 되어 주었다. 그래서 그런지 난 여전히 마당 있는 집에 대한 로망이 있다. 아이들이 땅을 밟고 자연을 보며 자라면 좋겠다는 생각을 한다.

초등학교 1학년 때 학교가 끝나고 집으로 가지 않고 친구 손을 잡고 친구 집으로 놀러 간 적이 있다. 친구 엄마는 내 눈에 젊고 예쁜 엄마였다. 친구 엄마가 친구에게 학교 갔다 왔다고 갈아입을 옷을 꺼내주셨다. 그러면서 "너도 집에 가면 이렇게 옷 갈아입지?"라고 물어보셨다. '집에 오면 집에서 지내는 옷으로 갈아입어야 하는구나.' 생각했다. 온종일 신나게 놀고 자기 전에 씻고, 잠옷으로 갈아입었던 나는 그 모습이 신선하게 다가왔다.

그리고 그 친구의 모습이 부유하게만 느껴졌다. 방 하나에 밖으로 툇마루처럼 마루가 있었고 밖에 화장실과 수도가 있는 친구의 집은 단칸방이었다. 그런데 엄마의 존재로 인해 넓은 마당의 주인집인 우리 집을 단칸방이 이긴 것이다.

그때 깨달았다. 엄마의 존재 자체가 아이에게는 부유함이라는 것을! 학교가 끝나고 집에 가면 엄마가 없는 빈집이 헛헛했다. 엄마라는 존재는 곁에 있는 것만으로 기저의 큰 힘이라는 것을 그때 알게 되었다. 그리고 결심했다. 나는 아이 곁에서 간식을 챙겨 주고 공간을 채워 주는 엄마가 되겠노라고. 아이 마음 가득 부유함을 선물해 주는 엄마가 되어야겠다고!

나는 엄마가 되었다. 그리고 육아에 있어 내가 행복한 길을 선택했다. 바로 전업 맘이 된 것이다. 물론 틈틈이 여러 가지 모의를 했으나 아이들이 오기 전이라는 단서를 지키며 아이들이 오는 시간에는 꽃같이 맞아 주었다. 아이들에게 엄마의 시간을 사치하면서 부유함을 누리도록 해 주고 싶었다. 그리고 나 또한 아이들의 예쁜 모습을 고스란히 담아두는 시간을 누리고 싶었다. 다시 돌아올 수 없는 시간을 함께한다는 선물을 아이들뿐만 아니라 내게도 선물로 주고 싶었다. 아이들과 함께하는 시간이 행복했다. 그래서 많은 기회가 있었지만, 그 어떤 것도 엄마의 자리에서 주는 행복을 대신할 수 없다는 것을 알았기에 모두 뒤로 할 수 있었다.

그렇다고 나의 꿈이 현모양처이거나 평생 남편이 벌어다 주는 돈으로 아이를 키우고 여생을 즐기고 싶다는 생각은 추호도 없었다. 그것만으로 행복할 수 있는 여자는 아니라는 것을 진작부터 알고 있었다. 단지 아이들과 함께하는 시간을 내 시간표의 우선순위에 두고 그다음으로 소중한 계획들을 놓아두었다. 그러다 보니 쉬는 시간마다 발동이 걸려 날갯짓하고 싶었고 때로는 5, 6교시를 훌쩍 지나 나머지 공부반에 가 있는 듯한 내 모습에 애가 타기도 했다. 하지만 나머지 공부반도 좋고 야간 자율학습도 좋다고 결정했다. 철저한 나의 선택이라고 생각하니 조금 더 천천히 갈 뿐이라고 내 시간표대로 가면 된다고 나를 설득할 수 있었다. 내게 가장 행복한 선택이었기에 가능한 일이었다.

아이들이 태어나 엄마의 손길을 간절히 원하는 시기는 그리 길지 않은 것 같다. 친구가 말했다. 그렇게 숫기 없고 껌딱지였던 딸아이가 초등학교 고학년이 되니 이제는 엄마가 돈 벌러 나가도 된다며 그걸로 사고 싶은 것 사는 것이 더 좋을 것 같다는 말에 충격을 받았다고.

앞서 아이를 키운 언니도 사춘기에 접어든 아들이 "엄마 어디 안 나가?"라고 물으면 그렇게 서운할 수가 없다고 했었다. 아이들이 건강하게 자기 자리를 찾아간다는 말일지도 모르겠다. 아이들이 마냥 엄마바라기를 하던 시간을 접고 반전의 모습을 보여 줄 시간은 분명히 온다. 드디어 아이와 나의 행복의 모습을 트렌스포머할 때가 온 것이다.

진짜 행복은 무엇일까? 진짜 행복은 외부로부터 주어지는 것이 아닐 것이다. 행복은 그 어떤 것에서가 아니라 내 안에서 찾는 것이다. 내 자녀가 잘할 때, 내 남편이 내 마음을 알아줄 때만 행복한 존재라면 어떨까? 그렇게 외부로부터 전적으로 의탁한 행복이라면 그들로 인해 다 무너져 버릴 수도 있는 행복일 것이다.

물론 아이들이 건강하고 행복한 것만큼 엄마가 행복한 일이 어디에 있겠는가? 아내로서 내 남편이 잘되고 승승장구한다면 그만큼 기쁜 일이 어디 있겠는가? 행복은 가족이라는 울타리 안에서 서로 만들어 가고 나누는 것이기 때문일 것이다. 가족 구성원 한 사람의 행복이 가족 구성원 모두의 행복이 될 수 있는 공간이 가정일 것이다. 그러나 이 모든 것으로부터 독립된 행복이 필요하다고 생각한다.

아이들은 많이 컸고 드디어 나의 시간표에 또 다른 행복을 향한 시작종이 울렸다. 나는 그 행복을 찾아가고 있다. 아이들은 알고 있다. 육아를 하며 내가 얼마나 행복한 엄마였는지!

"너희 때문에 엄마는 행복해. 너무 소중해. 함께여서 고마워." 아이들에게 내가 전할 수 있는 나의 진심 어린 메시지였다. "엄마, 나두요. 엄마 좋아요. 나도 행복해." 아이들의 메아리이다. 아이들의 정서와 행복을 위해 집에 있는 엄마가 정답이라는 말을 하는 것이 아니다. 집에 있는 엄마가 아이들에게 "너희 때문에 엄마가 이렇게 만날 집에 있느라 엄마는 하고 싶은 것도 못 해. 너희 때문에."라고 외친다면 나가야 한다고 생각한다.

요즘 많은 연구를 통해 엄마가 아니더라도 주 양육자가 온전한 사랑을 주면 아이들에게 안정감을 준다는 연구 결과가 제시되고 있다. 요즘엔 주 양육자가 할머니가 될 수도 있고 아빠가 되는 경우도 있으며 좋은 이모님이 될 수도 있다. 안정적인 교육기관도 많다고 생각한다. 그리고 하버드 학생의 엄마들처럼 일하는 엄마여도 농축된 양질의 시간을 통해 아이를 채워 줄 수 있다.

그 어떠한 선택이 되었든 아이 때문에, 그 누구 때문이 아닌 엄마 자신의 선택이 되어야 한다고 말하고 싶은 것이다. 그래야 책임도 지고 만족도 얻을 수 있다. 그리고 그러기 위해선 선택의 기반에 나를 채우는 행복이 있어야 한다는 것을 잊지 말자. 엄마가 행복을 중심에 둔 선택이라면 아이에게도 행복을 줄 수 있을 것이다. 가정의 중심 엄마가 행복해야 아이들에게도 행복을 전할 수 있다. 자신의 행복을 찾아가는 모습으로 행복한 삶의 본보기를 보여주자.

행복 공동체인 가정의 행복 지기, 행복 바이러스가 되자. 내 아이의 행복을 위하여!!

엄마와 아이가 함께 꿈을 꾸다

×
×
×

“여보, 나 책 쓰려고 해.” 남편의 반응을 살피며 입을 열었다. “써야지!” 남편의 반응이다. 묻고 따지지도 않고 긍정 반응을 해 주는 남편 덕에 주저리주저리 이야기가 길어진다. 남편이 응원을 아끼지 않으며 한마디 한다. “당신 같은 사람이 책을 써야지. 가끔 욱할 때 빼고는 당신 같은 엄마가 어디에 있겠어?” 이게 무슨 극찬이란 말인가?

이번엔 아이들에게 같은 말을 건넸다. 엄마가 육아서를 쓰려고 한다고 하자 6학년인 큰딸이 눈을 반짝거리며 말했다. “그래 엄마! 사람들이 나보고 어떻게 이렇게 바르고 똑똑하게 컸냐고 하는데 그 노하우를 다 써.” 정말 영락없는 고슴도치 가족이다. 누가 그 방법을 알면 나 좀 가르쳐 주었으면 좋겠다 싶은데 말이다. 이렇게 적극적으로 응원해 주는 남편 그리고 아이들 덕분에 마음이 든든했다. 역시 나의 든든한 지원군들이다.

나도 늘 아이들의 지원군이 되고 싶다. 하지만 말처럼 쉽지 않은 일이다. 6학년 딸아이는 엄마를 닮아 사람에 대한 관심도가 높고 호기심 천국이다. 거기에다 잡기에 능하다 보니 숙제도 깜박하고 책상 가득 공방을 차려 놓을 때가 있어 엄마의 언성을 산다. 필요한 소품들이 얼마나 많은지 작아진 옷부터 휴지심까지 아이의 서랍 안은 쓰레기통을 방불케 한다. 딱 가지고 가서 재활용 통에 털어 넣으면 속이 시원하겠다. 이것저것 채워 놓은 서랍 안처럼 다방면에 관심이 많은 딸은 늘 하고 싶은 일도 해야 할 일도 많다. 그런 딸이 요즘 엄마보다 더 열심히 글을 쓴다. 글쓰기는 딸아이의 취미생활 1호가 되었다.

엄마가 책을 쓴다고 했을 때 큰딸이 의미심장한 미소로 한마디를 건넸다. 바로 "오! 그럼 우리 집에 작가 모녀 탄생하는 거야?"였다. 책을 좋아하는 딸은 어렸을 때부터 작가가 되고 싶다고 했었다. 그런데 엄마가 노트북을 가지고 씨름을 하기 시작했을 때 처음에는 원고지에 쓰더니 그다음은 A4용지에 쓰기 시작했다. 그러더니 지금은 노트북을 끼고 있다. 그리고 글쓰기가 너무 고픈 날은 이른 알람을 해 놓고 새벽 기상을 할 때도 있으니 정말 작가 포스가 제대로다.

한번은 아침에 눈을 뜨자마자 종이를 찾는다. 자는 동안 다음 쓸 새로운 이야기가 꿈에 나왔다며 잊기 전에 써 놓아야 한다는 것이다.《대통령의 글쓰기》의 강원국 저자도 평생에 두 번 자면서 완벽한 원고를 쓰고 깨어나서 그대로 적은 적이 있다고 하셨다. 그런데 딸아이가 사뭇 비슷한 모습으로 쓰고 있는 모습을 보니 내심 부럽기도 하고 책 쓰기에 진심을 담고 있구나 싶었다. 자려고 누웠다가 생각이 나면 잊지 않으려고 어둠 속에서도 끄적여 놓는 내 모습도 생각나 웃음이 났다.

딸아이가 역사 속으로 빨려 들어간 아이의 이야기를 책으로 쓴다고 했을 때 은근 기대가 되었다. 그런데 어느 순간 역사 속 세기의 로맨스, 신화 속 사랑이야기라는 시리즈 책에 빠지더니 로맨스를 쓰기 시작했다. 엄마의 허풍선에도 바람이 빠지는 순간이었다. 거기다 글 쓸 시간이 부족하다며 발을 동동거리기도 하고 숙제도 뒤로 하고 글을 쓰기도 하니 때로는 엄마 눈살이 찌푸려지기도 했다.

그런데 그런 생각이 든다. 아이가 하고 싶은 일을 엄마가 무슨 이유로 막을 수 있을까? 책상 가득 글루건이나 기타 액세서리 도구들을 꺼내어 작업을 할 때도, 천들을 꺼내 옷을 디자인한다고 가위질을 하고 바느질을 할 때도 그 어느 것 하나 엄마의 취향이 아니라 해도 딸의 취미이자 아이의 세상이니 엄마는 할 말이 없다.

피아노를 두드리며 악보를 그려가는 딸에게 박자를 맞추어 주고, 컴퓨터 자판을 두드리며 열심히 로맨스 소설을 쓰는 딸아이의 일등 독자가 되어 주는 것이 내가 할 일이다. 딸의 손재주에 감탄이 절로 나오기도 하니 딸아이의 '나 홀로 공방'에 감탄사를 쏟는 바람잡이도 되어 주고 있다. 엄마 지원군 출동이다. 딸이 엄마의 꿈 지원군이듯 말이다.

《아이를 위한 하루 한 줄 인문학》의 김종원 작가는 "아이가 자신의 세계를 키워내려면 결국 수많은 일을 시작해야 한다고 말한다. 뭐든 시작해야 결과를 낼 수 있기 때문이라고 설명한다. 그 어떤 시작도 쉬운 것이 없고 기대와 현실이 서로를 괴롭히기 때문에 수많은 일을 시작하는 것이 맞는다는 것이다."라고 말했다.

그런 측면에서 보면 아이들은 이 모든 과정을 놀이라는 공간으로 가지고 와 경험해 가고 있으니 얼마나 좋은 시간이란 말인가? 놀이로 가지고 와 다양하게 시도하고, 그런 시간을 통해 자신의 세계를 넓혀 가고 있으니 아이의 세상도 존중받고 지원받아야 한다고 생각한다. 아이가 자신이 하고 싶은 것에 심취해서 놀아 본 경험이 자신의 꿈을 이루어 갈 때 심취하여 추진해 나갈 원동력이 되어 줄 것이다. 그렇기 때문에 나도 묻고 따지지도 않고 아이들의 든든한 지원군이 되어 주고 싶다.

김종원 작가의 그 어떠한 시작도 쉬운 것이 없고 기대와 현실은 서로를 괴롭히기 때문에 수많은 일을 시작해야 한다는 말은 아이들에게만 국한된 말이 아닐 것이다. 중요한 것은 시작해야 한다는 것이다. 김종원 작가는 내게 자격이 있을까라는 말은 무언가를 시작한 사람에게는 저주의 언어가 되고 영원히 출발할 수 없게 만드는 말이라고 한다. 자격은 시작할 때 주어지는 것이 아니라, 시작한 후 노력하는 과정을 통해 얻어야 하는 것이기 때문이라는 것이다. 그렇다. 아이들의 엉성해 보이는 그 모든 활동이 아이들의 시작이 되고 그 모든 과정이 어떠한 모습으로 열매를 맺을지 아무도 모른다. 아이들은 마음껏 꿈을 꾸고 시작하고 시도하고 그 과정을 즐기면 된다.

마음 사용법을 공부하러 가는 시간이나 슬슬 하고 싶었던 것들을 하며 집을 비우는 일정들이 길어지자 초등학교 4학년인 둘째가 엄마가 집에 없으면 싫다고 투정을 했다. 예전 같으면 매일 학교에 가니 큰 지장이 없는데 온라인 수업으로 집에 늘 있으니 엄마의 빈자리가 커진 것이다. 부쩍 겁이 많아진 딸이 사정에 가깝게 엄마 안 가면 안 되냐고 하자 큰아이가 정색을 하며 말했다. "엄마가 그동안 이만큼을 키워 주셨는데 엄마가 일주일에 하루 엄마가 배우고 싶고, 하고 싶은 것을 하러 못 가? 그건 아니지. 그건 너무한 거야. 엄마에게도 그런 시간은 필요해."라며 둘째에게 말했다. 내가 입을 뻥긋할 필요가 없었다. 딸들끼리 대화를 하고 정리를 했다. 그동안 아이들이 많이 자랐다. 어느덧 자란 딸들이 엄마의 걸음을 응원해 준다. 나는 용감하게 행복 가득 담아 나의 길을 걸어가 주면 되는 것이다.

코로나19로 가정에서 밀착의 시간을 보내는 동안, 정신적 육체적 간격이 없이 늘 한 공간에서 함께하다 보니 아이들도 불협화음이 생기고 나도 소리가 높아지기도 했다. 하루라도 빨리 아이들의 자리로 가기를, 나는 나만의 시간을 가질 수 있기를 바랐다. 그런데 신기하다. 그 시간이 더 많이 길어지자 이것도 나쁘지 않다는 반전의 마음이 찾아왔다. 어느덧 내 마음에 아이들을 향한 고마운 마음이 가득 찼고 함께하는 시간이 소중하게 느껴졌다. 처음 마음과 비교하면 고수의 수준이었다. 아이들이 있기에 내가 성장해 감을 느낀다. 책을 쓸 수 있는 것도 고마운 아이들이 있기 때문이라는 것을 마음으로 깨닫게 되었다. 아이들도 많이 자랐고 엄마의 꿈과 행복을 배려하는 모습이다.

삼 형제를 잘 키우고 손주들이 예쁘게 커가는 모습을 지켜보고 계시는 육아의 대선배이신 가수 이적의 어머니인 박혜란 여성학자의 말을 전하고 싶다. 박혜란 여성학자는 아이들을 키울 생각을 하지 말고 자신을 키우면서 아이들이 커 가는 모습을 그저 따뜻한 눈으로 바라보라고 하신다. 그러다 보면 아이도 행복하고 부모도 행복하게 된다는 것이다. 그런 점에서 육아처럼 즐거운 일은 이 세상 어디에도 없다고 하신다. 내 마음속에 늘 가지고 있던 생각을 너무나 잘 표현해 주는 말씀이셨다. 우리 모두 육아 대선배의 말씀처럼 아이와 함께 꿈을 꾸고, 서로의 가장 든든한 꿈 지원가가 되어 주자.

믿음으로 아이를 키운다는 것

×
×
×

블라스타 반 캄펜의 《어떻게 좋을 수 있겠어요!》라는 동화책이 있다. 책은 '가난한 농부와 아내가 여섯 명의 아이들, 할아버지, 할머니와 방이 하나인 작은 집에 살고 있었어요.'라는 말로 시작한다. 가난한 농부의 아내가 생선을 사러 갔는데 생선 장수가 질문을 한다.

"집안 형편은 좋으시오?" 농부의 아내는 "불평하고, 싸우고, 서로 방해만 되고……. 어떻게 좋을 수가 있겠어요!"라고 답한다. 그 답을 들은 생선 장수는 기르는 가축 중 염소를 집 안으로 데리고 들어가라고 말한다. 그러면 집안 형편이 좋아질 거라고 말이다. 너무 엉뚱한 해결책이라고 생각했지만 생선 장수는 지혜로운 사람이니 그 말을 믿고 따른다.

책은 네버엔딩 스토리처럼 "그래, 형편이 좋아졌소?"라고 묻는 생선 장수의 물음과 "어떻게 좋을 수 있겠어요!"라는 농부 아내의 대답이 라임처럼 계속된다. 물음과 답 사이에는 기르는 동물들을 하나씩 집 안으로 넣는 미션이 반복된다.

결국에는 가장 몸집이 큰 젖소마저 집 안으로 넣으라는 미션을 받게 되고 마지막 미션까지 다 해 본 농부의 아내는 생선 가게로 달려가 울음을 터트리고 만다. 울며 달려온 아내에게 생선가게 아저씨는 여전히 묻는다. "그래, 형편이 좋아졌소?" 아내도 어김없이 답한다. "어떻게 좋을 수 있겠어요!" 생선가게 아저씨는 그제야 호탕한 웃음을 웃으며 "이젠 가축들을 모두 집 밖으로 내보내시오. 그러면 형편이 아주 좋아질 거요."라고 말한다. 며칠 뒤 아내는 생선을 사러 생선가게에 갔고 생선 장수의 같은 물음에 웃으며 말한다. "어떻게 좋지 않을 수 있겠어요!"

돌도 안 된 셋째가 한 살, 둘째가 네 살, 큰아이가 여섯 살일 때 나는 독박 육아였다. 아니 사실은 둘째가 배 속에 있기 전부터도 독박 육아는 쭉 계속되고 있었다. 남편이 매일 야근을 하던 시절 한 달에 한 번만이라도 함께 저녁 식사를 할 수 있다면 하고 바랐다. "당신이 나의 반찬인가 봐. 당신이 없으니 밥맛도 없네. 저녁 한 끼 같이 먹는 시간이 일 년에 몇 번이야?"라고 말했던 내 마음은 '어떻게 좋을 수가 있겠어요!'였다. 점점 일이 많아지자 남편은 야근 시간이 자정을 넘어 집에 귀가할 수 없는 날들이 늘어갔다. '오! 어떻게 좋을 수가 있겠어요!'였다.

그런데 이번에는 그마저 쉬던 휴일마저 반납이다. 달력 빨간 글씨가 반짝거리고 다른 집은 가족 나들이를 가는 휴일에도 우리 집 달력은 모두 검은색이었다. 어린 세 딸과 나 홀로 육아로 보내는 휴일은 분주하고도 긴 하루였다. 긴 시간이 토, 일 휴일 없이 모두 검은 날이 되어버리자 알게 되었다. 상황이 최악이라고 느껴졌을 때 깨달았다. "어떻게 좋을 수가 있겠어요!"라고 외치던 그 모든 시간이 지금보다 더 좋은 때였다는 것을.

우리는 너무 욕심이 많은지도 모르겠다. 그 모습 그대로 충분한 아이들을 보고 "이것만 좀 잘하면 좋겠어." "얘는 왜 이러는지 몰라." "왜 이게 안 되는 거지?"라고 불만족스러워하고 불평하고 있는지도 모른다.

사랑스러운 아이가 열이 '펄펄' 나며 못 먹거나 아프고 나서야 천방지축 건강하게 뛰어노는 그 모습이 혼나야 할 모습이 아니고 칭찬받아야 하고 감사한 모습임을 알게 된다. 만날 오늘 메뉴는 뭐냐고 묻는 아이가 삼식이가 아니고 효도하는 기쁨둥이였다는 것을 그제야 마음으로 고백하게 된다. 아이의 열이 내리고 한숨을 돌리고 나서야 농부의 아내처럼 '어떻게 좋지 않을 수가 있겠어요!'를 외치게 된다.

아이가 함께한다는 것만으로도 우리에게는 충분히 감사할 이유가 있다고 생각한다. 아이의 존재만으로 아이는 사랑받고 칭찬받기에 마땅하다. 소중한 자녀로 인해 엄마가 되었고 우리는 아이들로 인해 여전히 엄마일 수 있다. 생명을 가지고 이 땅에 찾아와 이만큼 함께하고 있다는 이 사실이 가장 큰 감사이며 평범한 일상이 기적과 같은 선물일 것이다. 이 사실만으로 세상의 모든 엄마는 '어떻게 좋지 않을 수 있겠어요!'라고 외칠 수 있다.

아이를 믿어 주는 '믿음 육아'를 한다는 것은 무엇일까? 그것은 너의 존재만으로 충분하다는 메시지다. 네가 무엇을 해야 하거나, 무엇이 돼야 하는 것이 아니라 너는 이미 너로서 충분하다고 말해 주는 것이다. 너의 존재만으로 엄마의 감사 제목이라고 말해 주자. 그리고 네가 갈 길을 알지 못하지만 그 길을 응원하는 한 사람이 필요하다면 그것이 엄마라고 얘기해 주자. 네가 어떠한 잘못을 하고 온 세상이 손가락질하여도 너를 믿어 주고, 네가 쉴 수 있는 곳이 있으니 그곳이 가정이라는 것을 알게 해 주면 좋겠다. 마음으로도 생각하지만 더 중요한 것은 자연스럽게 입을 열어 "사랑해. 너로 인해 감사해. 함께여서 행복해. 너와 함께 하는 모든 시간이 소중해. 엄마는 널 믿어. 어떠한 상황에서도 엄마는 널 응원해."라고 자주 들려주자.

내게는 20년이나 나이 차이가 나는 벗이 있다. 나이가 무색할 정도로 젊은 감각과 나보다도 더 열려 있는 사고로 나를 깜짝깜짝 놀라게 하는 분이다. 거기다 만날 때마다 인생의 깊은 혜안을 전해 주시는 고마운 벗이다. 그녀는 일본 동경대를 졸업하고 동경대 대학원에서 박사를 마치고, 일본에서 활동하는 재일 화가 김무화 화가의 어머니이다.

책을 좋아하고 공부를 곧 잘했던 딸이 국문학과를 생각하며 공부하던 고3 5월, 학교에서 학교를 대표하는 작품 출품 미술대회가 있었다고 한다. 누군가는 총대를 메야 하는 상황에서 미술 선생님께서 해 보겠느냐고 권하셔서, 그날 밤을 꼬박 새워 수채화를 완성해 갔는데 그 작품이 대상을 받았다고 하셨다. 딸은 그때 그림을 그리는 것이 이렇게 행복하다는 사실을 처음 깨달았다고 한다. 고3 중반을 바라보는 때, 그때부터 노량진 미술학원에 가서 미대 준비를 했다고 한다. 자신의 소리에 귀를 기울이고 급하게 진로를 바꾼 딸도, 묵묵히 그 걸음을 지원해 준 엄마도 비범하게 느껴진다. 그렇게 급하게 준비한 딸이 일본 동경대에 가게 되어 그때부터 둥지를 떠나게 되었고 동생까지 언니처럼 일본으로 유학을 가고 싶다고 해 엄마 품을 떠났다고 한다.

이분은 말씀하신다. 자식은 손님이라고. 자신의 딸은 20년 손님이었다고 하시며 떠날 손님이니 있을 때 잘하고 손님이 찾아오면

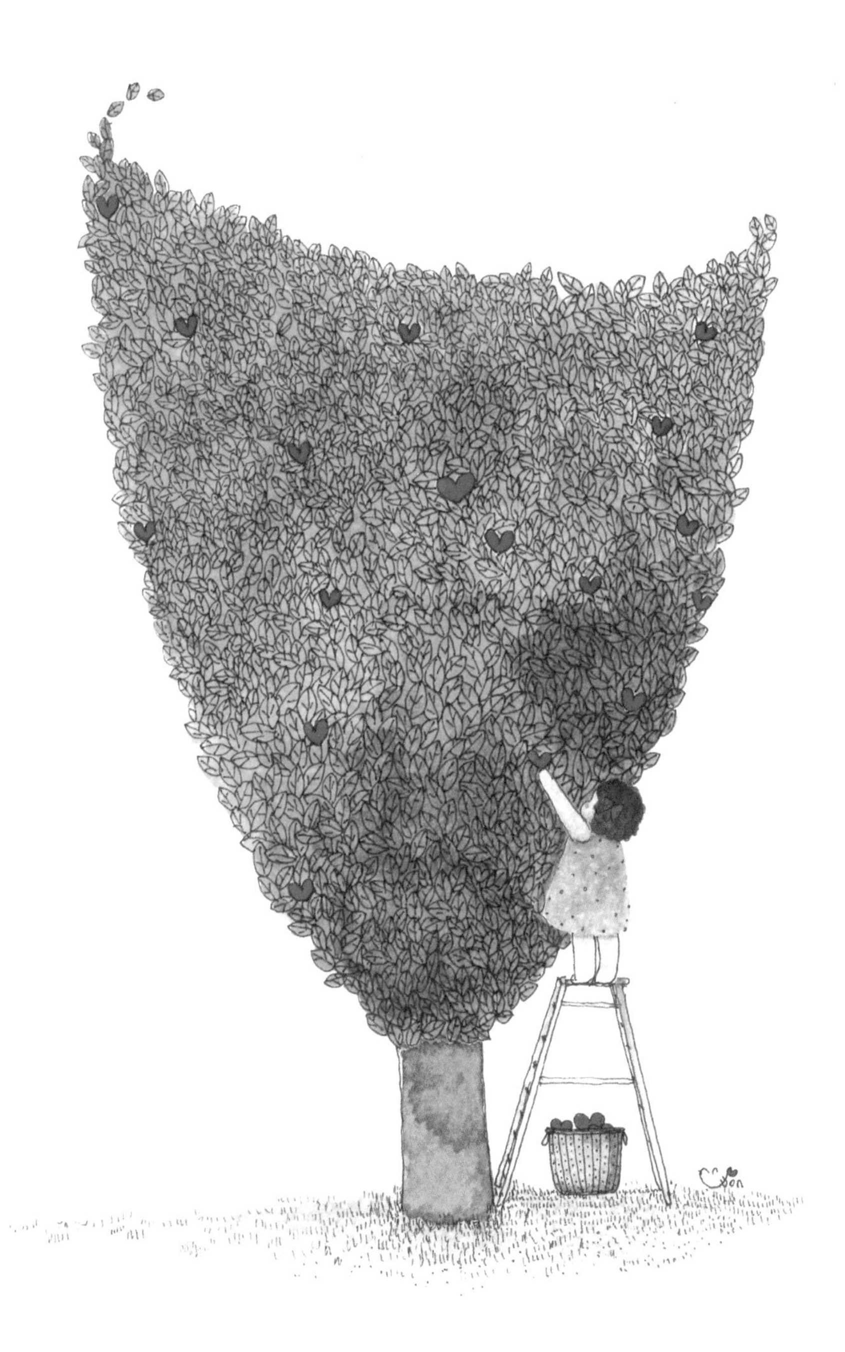

언제라도 반갑게 맞아주면 된다고 하셨다. 그렇다. 자녀는 소유물이 아니다. 자녀는 어떤 왕이 자기의 귀한 자녀를 맡길 곳이 필요해 각 가정에 맡겨 둔 손님이다. 귀한 손님이 얼마간 함께할지는 아무도 모른다. 함께하는 시간 감사하고 함께 노래하고 사랑하고 기뻐할 수 있기를 바란다.

아이의 그 모습 그대로 사랑하고 믿어 줄 수 있다면, 아이 본연의 빛을 내며 살아갈 것이다. 엄마가 챙겨 준 자존감이라는 두둑한 여비를 필요할 때마다 꺼내 쓰며 넉넉하게 살아갈 것이며, 자신의 빛이 비춰주는 길을 보며 행복하게 걸어갈 것이다.

엄마라는 이름을 선물 받은 세상의 모든 엄마들을 응원한다. 지금보다 더 행복한 아이들과 엄마들의 세상을 꿈꿔 본다. 때로는 엎치락뒤치락할지라도 나도 한결같이 믿음 육아의 길을 걸어갈 것이다. 함께 그 길을 걸어가자. 함께 가는 길은 멀리 갈 수 있을 것이다.

에필로그

칼릴 지브란의 시에 저의 마음을 담아 보내요.

〈아이들에 대하여〉

–칼릴 지브란–

당신의 자녀들은 당신의 아이가 아니다.
그들은 스스로 자신의 삶을 열망하는
큰 생명의 아들과 딸들이다.

그들이 비록 당신을 통해 태어났지만,
당신으로부터 온 것은 아니다.
그러므로 그들이 당신과 함께 지낸다고 하여도
당신에게 속한 것은 아니다.

당신은 아이들에게 당신의 사랑을 주되
당신의 생각까지 주려고 하지는 마라
왜냐하면 아이들은
그들 자신만의
사명을 가지고 태어났기 때문이다.

당신은 아이들에게
몸이 거처할 집은 줄 수 있으나
영혼의 거처까지는 줄 수 없다.
왜냐하면 아이들의 영혼은
당신이 꿈에서도 가볼 수 없는
내일의 집 속에 살고 있기 때문이다.

당신이 아이처럼 되려고 하는 것은 좋으나

아이들을 당신처럼 만들려고 하지는 말라
삶이란 나아가는 것이며
어제와 함께 머무르지 않는다.

당신은 활이고 그곳에서 당신의 자녀들이
삶의 화살로서 앞으로 쏘아져 날아간다.
신은 무한한 길 위에 한 표적을 겨누고
그분의 온 힘으로 그대들을 돕는다.

화살이 보다 빨리, 보다 멀리 날아가도록
신의 손길로 화살이 당겨짐을 기뻐하라.
그분은 날아가는 화살을 사랑하는 만큼
또한 흔들리지 않는 단단한 활을 사랑하심으로